光文社文庫

令和じゃ妖怪は生きづらい

現代ようかいストーリーズ

『おとぎカンパニー　妖怪編』改題

田丸雅智

光　文　社

令和じゃ妖怪は生きづらい
現代ようかいストーリーズ

目次

Contents

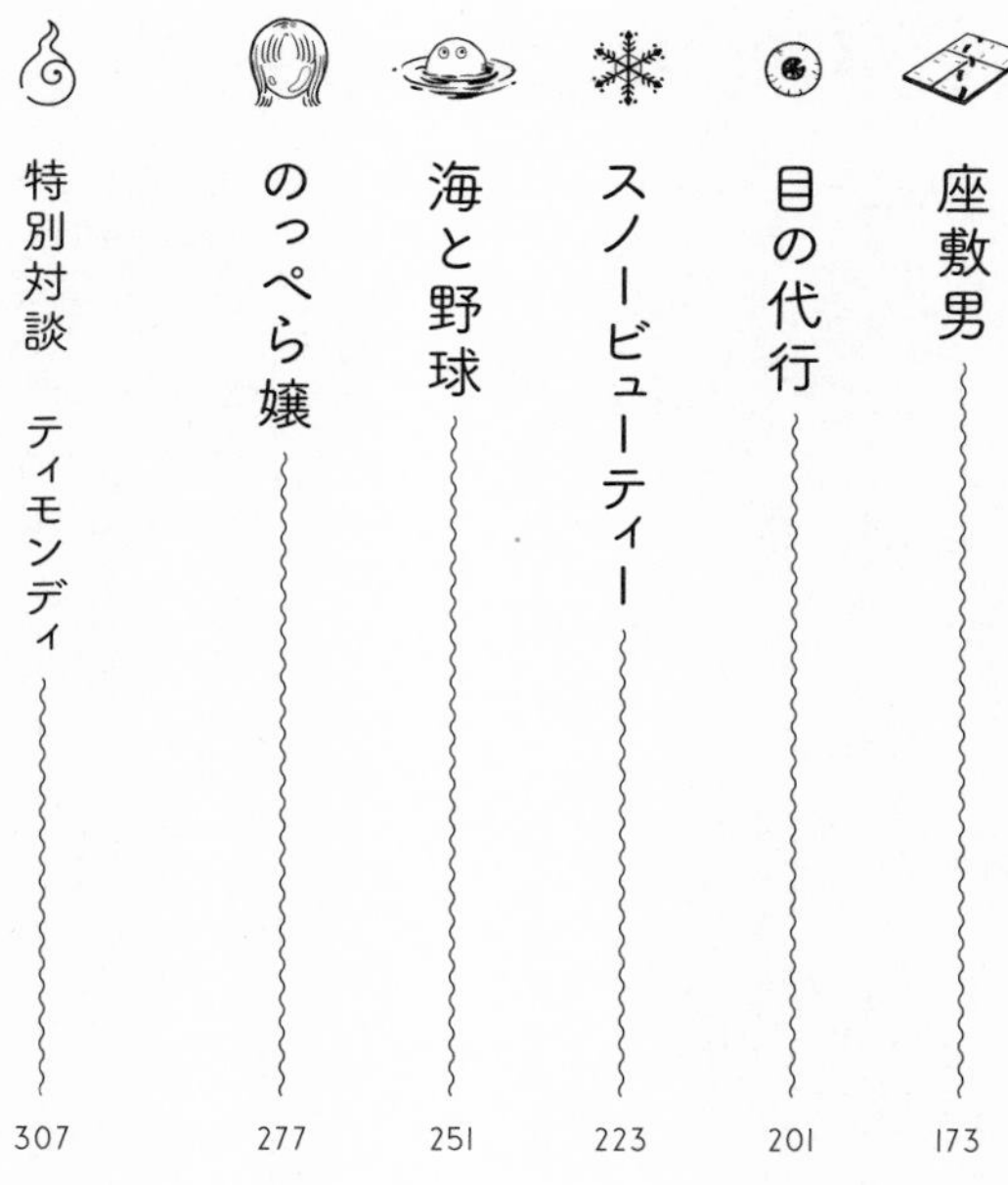

装幀　bookwall
本文イラスト　usi

重くなる

またた。

なんであいつばっかりなんだ。

心の中で、負の感情が黒くうごめく。

あんな企画のどこがいいんだ。

どう考えたって、おれのほうがおもしろいだろ。

視線の先には、同じ部署に所属している同期の三好(みよし)の姿がある。

三好は上司から渡された表彰状をわきに抱えて、ぺこぺこと頭を下げている。

いかにも恐縮しています、というその態度が、おれはますます気にくわない。

あんなのは、周囲に気に入ってもらうためのポーズに過ぎない。そうして取り入り、自分の企画を通してもらって表彰される。出来(でき)レースもはなはだしい。

「おまえも、もっと三好みたいに素直になれよ」

ある先輩に言われた言葉が思いだされる。

「トガるのもいいけど、もうちょっといい企画を出してからにしろよな」

おれは反論したい気持ちを抑える。

こいつに何を言ってもムダだ。

三好に毒されてるやつなんかに、おれのよさが分かってたまるか。

そんなこちらの気持ちを知ってか知らずか、当の三好は向かいの席からときどき話しかけてくる。

「一緒に世の中を盛り上げようなっ」

親しげな口調に、おれは思う。

なにが一緒に盛り上げよう、だ。勝手に同列扱いしてくるなんて、図々しいにもほどがある。

「そうだな」

おれは適当に返事をする。

内心では、三好に唾を吐きかけながら——。

仕事を終えて帰宅してからも、おれの中でいらだちはくすぶりつづけた。

こんなにがんばってるのに、なんでおれは報われないんだ。

三好が憎い……。

そんなことを考えながら、ソファーに腰かけ安酒をあおっていたときだった。

おんぎゃあ、おんぎゃあ。

突然、背後からそんな声が聞こえてきて、おれは心臓が飛びでそうになった。

赤ん坊の泣き声のようなその声は、ソファーの後ろあたりから響いてきていた。

なんだなんだ⁉

混乱している間にも、泣き声はどんどん大きくなる。

それを聞くうちに、おれは不思議と次第に放っておけない気持ちになってきた。

おそるおそる、ソファーの後ろに回りこむ。

小さな影が床に転がっていた。

赤ちゃんだ――。

おれはそっと抱きかかえて、あやしはじめる。

よしよしよし……。

そのときだった。

赤ん坊の顔を覗(のぞ)いて、おれは思わずぎょっとした。

腕の中にいたのは、赤ん坊などではなかった。

ニタリと笑みを浮かべた老人だった。

次の瞬間、老人は素早くおれの身体(からだ)にしがみつくと背後に回った。直後、漬物石(つけものいし)でも載せられたようにおれの背中は重くなり、思わず手を突きその場に崩れた。

重みはどんどん増していく。

何が起こっているのか分からないまま、腕がぷるぷるしはじめる。

もうダメだ、耐えられない――。

そのとき、身体が不意に軽くなった。

おれは床に倒れこみ、荒い呼吸を繰り返す。

気がつくと、先ほどの老人が見下ろしていた。

「いっひっひ、驚かせてすまんかったな」

老人は、ニタニタと粘着質に笑って言った。

「まあ、ほんのあいさつ代わりだ。気を悪くせんでくれ」

おれはなんとか起き上がり、老人を見る。

老人は坊主頭(ぼうず)で、なぜだか蓑(みの)をまとっていた。

見るからに怪しく、ひととき忘れていた恐怖心がこみあげてくる。

警察だ……！

その直後、老人が口を開いた。

「安心せい。わしはおぬしの役に立ってやろうと思って、わざわざやってきたのだからな」

その言葉が妙に引っかかり、気づけばおれは尋ねていた。

「どういうことですか？　というか、あなたは誰なんです……？」

「わしか？　おぬし、わしを知らんか？」

無言で首を横に振ると、老人は言う。

「人間どもからは、子泣きじじい、と呼ばれておる」

「えっ？」

子泣きじじい——。

その名前なら、もちろん聞いたことがある。赤ん坊のように泣いて人に近づき、抱き上げると急に重くなって危害を加える妖怪だ。

そこまで考えて、ハッとした。

まさに、今さっきの状況と同じじゃないか、と。

「じゃあ、あなたは本物の……」

子泣きじじいは、いっひっひと不気味に笑った。

おれは背筋が凍りついた。

まさか、本物の妖怪に出くわす日がくるだなんて……。

が、そのとき、先ほどの言葉がよみがえった。

子泣きじじいは、役に立ってやると言っていた。

おれは尋ねた。

「あの、さっきの役立ちにきたというのは、どういう……」

「おぬし、憎んでいるやつがおるのだろう？　そやつにとり憑いてやってもよいぞ、ということだ」

「……三好のことですか？」

「いかにも」

子泣きじじいはニタリと笑ってうなずいた。

「とり憑くって……さっきみたいに三好にしがみついて、重くなるってことですか？」

「まあ、それでも別に構わんのだが、もっと現代的なことをやってやろう」

「現代的？」

「わしら妖怪も進化をしておるのだ」

いっひっひ、と、子泣きじじいはまた笑う。

不安がこみあげ、おれは尋ねる。

「仮にお願いしたとして、ですよ？　見返りは何なんですか？　もしかして、命をとられるとか……」

「そんなことはせん」

子泣きじじいは言う。

「最近は、わしらの活躍の場も減ってきておるからな。退屈しのぎができれば、それでええのだ」

「じゃあ、見返りは何もなしですか？」

「そうだとも」

妖怪の言葉を真に受けていいものなのかは分からなかったし、子泣きじじいの表情にも、やはりどこか信用できないものがあった。

しかし、おれはこう口にしていた。

「お願いします」

三好の顔が脳裏に浮かぶ。

あいつに嫌がらせができるのならば、そんなに喜ばしいことはない。

子泣きじじいは、ニタリと頬を吊りあげた。

「あい分かった」

それだけ言うと、子泣きじじいの姿はすぅっと消えた。

とたんに部屋の空気が軽くなる。

悪い夢でも見たようだった。

少ししてから、全身が汗だくになっていることに気がついた。


三好がとつぜん話しかけてきたのは、その翌日の仕事中のことだった。

「なぁなぁ」

三好は言った。

「なんか声が聞こえない？」

「声？」

「ほら、泣き声みたいなさ」

なんだよと思いながらも、おれは耳を澄ましてみた。

職場の人たちの話し声が聞こえてくる。

が、それはいつものことであり、ほかには何も聞こえなかった。

三好はつぶやく。

「誰か、子供を連れてきてるのかなぁ……」

その瞬間、おれはピンと来るものがあり、三好に尋ねた。

「その声って、赤ちゃんの泣き声みたいな？」

「そうそう、おんぎゃあ、おんぎゃあって……聞こえるだろ？」

おれは昨晩のことを思い返す。

子泣きじじい――。

きっと、あいつがさっそく三好にとり憑いたのだ。

「いや、おれには何も聞こえないけど。空耳じゃねーの？」

「えっ？　こんなに大きい声なのに？」

おれはそれには答えずに、仕事に戻る。

しかし、内心では笑いを嚙(か)みころすのに必死だった。

三好は明らかに声を気にして、集中力をそがれているようだった。

いいぞ、妖怪！

その調子で、三好のことを邪魔してくれ！

その日はずっと、三好は赤ん坊の泣き声が聞こえてくるとこぼしていた。

そんな三好を、みんなは口々に心配した。

――ちょっと疲れてるんじゃないか？

――がんばるのはいいけど、あんまり根(こん)を詰めすぎるなよ。

おれは大いに不満を覚える。

みんな三好に甘すぎるんだよ。おれを労(いたわ)ってくれたことなんかない癖(くせ)に。

三好宛に電話がかかってきたのは、夕方だった。

電話に出るなり、三好は「えっ？」と声をあげた。

「届いてない？　午前中に送ったはずなんですけど……」

パソコンを操作しながら、三好はつづけた。

「やっぱり送信済みになってますが……えっ？　容量ですか？」

そのとたん、三好は「あっ」と声をあげた。

「あれ!?　なんでだ!?　すみません！　超えてます！　すぐ送り直しますので、お待ちください！」

三好はひたすら謝って、電話を切った。

「おっかしいなぁ……」

先輩が近づいてきて、三好に尋ねた。

「どうしたんだ？」

「いえ、先方にメールを送ったつもりが送れてなくて……向こうの設定で弾(はじ)かれたみたいなんです。たしかめたら、容量がすごいことになってて……」

先輩は笑った。

「すごい容量って、なに送ったんだよ」

「ちょっとした資料だったんですけど……」

「まあ、よく分からないけど、凡ミスには気をつけろよ」

先輩が去ってからも、三好はしきりに「おかしいなぁ」とこぼしつづけた。

おれは鼻で笑っていた。

はっ！　あぐらをかいてるから、そうなるんだよ。

しかし、そのときはそれ以上、さして気にはとめなかった。

そんな中、トラブルは翌日も三好を襲った。

「あっれぇ……なんでだろう……」

仕事中、三好は独り言をつぶやいた。

「ぜんぜん開かない……」

通りがかった先輩が、三好に向かって話しかける。

「なんだよ、ぶつぶつ言って」

「作りかけてた企画書のファイルが開かないんです。ずっと待機中のままで動かなくて……」

「重すぎるんじゃないのか？」

「いやあ……ちょっと強制終了してみます」

しばらくすると、声があがった。

「うわっ！　なんだこれ！　めちゃくちゃ重い！」

「やっぱりじゃんか。画像を貼りすぎでもしたんだろ？」

三好は首を横に振る。

「いえ、少ししか……」

「だったら、変なとこでもいじったんじゃないのか？」

「いやあ……」

先輩はポンポンと肩を叩く。

「まあ、ドンマイだな。こういうのは内容を覚えてるうちに、さっさと作り直したほうがいいぞ」

「はい……」

三好は力なくうなずいて、パソコンに向かった。

「最悪だ……ほとんど完成してたのに……」

その姿をこっそり見ながら、おれは心の中で歓喜していた。

トラブルの原因には、すでに思い当たっていた。

間違いない、子泣きじじいだ。

昨日も今日も、三好はファイルが重くなったと言っていた。どうやったのかは知らないが、子泣きじじいは三好のファイルに働きかけて、容量を勝手に重くしたに違いない――。

それからも、三好はたびたび、似たような現象に見舞われつづけた。

あるときは、ただのテキストファイルが長尺の動画並みの重さになっていた。

またあるときは、一枚のイラストデータが千枚分ほどの重さになっていた。

三好はそのたびに頭を抱えた。

なんでだ……どうして……。

おれはというと、気分は爽快だった。

いい気味だ。そうやって、子泣きじじいに邪魔されつづけていればいい。

ほどなくして、三好は上司にパソコンの故障を申し出た。が、やってきた修理業者が調べても、異常は何も見つからなかった。

それでもあまりに食い下がるので、上司は呆れながらも三好に新たなパソコンを支給した。

しかし、妙な現象は収まるどころか加速する。

メールで資料を送ろうとすると、添付容量の限界を超えていると表示が出る。調べてみると、たしかに添付ファイルはずいぶん重くなっている。

作業をしようにも、ファイルがまったく開かない。確認すると、やはりなぜだか大容量になっている。

三好の仕事は、当然ながら滞った。

最初のほうこそ周囲は同情していたが、次第に視線は冷たくなった。

「あの件の企画書、どうなった？」

先輩が聞くと、三好は言う。

「それが、新しいファイルが全然立ち上がってくれなくて……」

「またかよ」

先輩は苛立ちを隠せない。

「その言い訳は聞き飽きたって。っていうかさ、そもそも企画ができてないんじゃないの？」

「違います！　ここにちゃんとメモもあります！」

「メモなんてどうでもいいんだよ。企画書だよ、企画書。あるの？　ないの？」

「……ありません」

「できないならできないって、最初からちゃんと言ってくれよ」

「……すみません」

事態はひどくなる一方だった。

三好がメールを送信できないだけではなく、相手も三好にメールを送れないということが起こりはじめた。

「なぁ、何回やっても、おまえ宛のやつだけエラーで戻ってくるんだけど」

「えっ？　……あっ！　空き容量がなくなってます！」

「知らないよ。そんくらい、ちゃんと確認しとけよ」

三好のパソコンは、しょっちゅうフリーズするようにもなる。

たまらず三好はこう言った。

「スマホで仕事します！」

しかし、その試みも無駄に終わる。

スマホも、使おうとすると重くなってフリーズするのだ。

――企画が出せないもんだから、なんとかごまかすので必死なんだよ。

――あそこまで貫けるって、逆にすごいわ。

周囲はそんな声であふれるようになっていく。

三好はずっと、折に触れてこんな主張もしつづけていた。

「よく赤ちゃんの泣き声が聞こえるんです！　それとなにか関係があるんじゃ！」

しかし、そのことがかえって災いした。

――あいつ、だいぶおかしくないか？

――もう関わらないほうがいいんじゃね？

おれはというと、三好の評価が下がるにつれて、だんだん周囲に認められるようになりはじめた。

「あの企画、やられたわー」

「なんか、一皮むけたって感じだよな」

「クライアントにも大好評らしいじゃんか」

事実、これまで見向きもされなかったおれの案は、どんどん採用されるようになっていた。

「おまえは若手のエースだよ」

「言い訳ばっかりの誰かさんとは、ものが違うよ」

「あいつも、少しはおまえを見習えばいいのにな」

周囲の人たちは笑い飛ばす。

少し前の自分なら、それにのっかり、一緒になって心の底から笑っていたことだろう。

だが、今のおれはまったく笑うことができなかった。

三好のことは、たしかに憎い。憎かった。

けれど。

いざ自分が逆の立場になってみて、初めて分かった。持ち上げられる側の気持ち。選ばれる側のプレッシャー。

そして何より、胸の中には嫌なしこりができていた。

三好のことを、ここまで貶めるつもりはなかったんだ……。

おれは夜ごと、虚空に向かって訴えかけた。

「子泣きじじいさん、聞こえてますか？　もう十分です、満足しました……」

しかし、子泣きじじいが姿を現すことはない。

「もういいんですって……やめてください！」

虚空は返事をしてくれない。

三好はどんどん会社の中で孤立していき、ついには誰も話しかけなくなった。

ただひとり、おれを除いて。

おれは不自然なほど、三好に積極的に話しかけた。

「そういうこともあるよな！」

三好はフリーズしているパソコンの前で、思い詰めた表情のままうつむいている。

「元気だせって！　まあ、いろいろあるって！」

三好は、か細い声で返事をする。

「気をつかってくれて、ありがとな……」

おれは必死でフォローする。

「そういうんじゃないって！　ほら、お祓いとか行ったらいいんじゃね!?」

「行ったよ。それでこれなんだから、もうどうにもできないよ……」

「あきらめるなって！　そのうち運も向いてくるっしょ！」

「だったらいいなぁ……」

三好の目はうつろだった。

それ以上、おれは言葉が出てこない。

やがて、三好が会社を無断欠勤するようになった。

みんなは好き勝手、噂をし合う。

――やっぱり、やましいことがあったんだな。

――給料泥棒がいなくなって、よかったよ。

三好が退社したと聞いたのは、しばらくしてだ。

上司からそう告げられても、みんなの反応は鈍かった。

「へぇ」

「そうなんですね」

「そんなやつもいましたね」

上司は、おれの背中を叩く。

「おまえも同期として気になるだろうが、まあ、あんなやつのことは忘れて、自分のやるべきことに集中してくれ」

おれはすぐには反応できない。

「期待してるぞ！」

上司は笑顔でそう告げる。


それ以来、おれの苦しみは日に日に増していくばかりだ。

今やおれの中には、後悔しかない。

あいつをここまで追いこむ気なんてなかったんだ……。

ちょっと痛い目を見させてやれれば、それでよかったはずなんだ……。

しかし、そんな思いを抱いたところで、取り返しなど、もはやつかない。

大変なことをしてしまった……。

時間を戻せるのなら、戻したい……。

罪悪感は心に重くのしかかり、どんどん重量を増していく。
おれは思う。
あるいは、これも子泣きじじいの退屈しのぎの一環なのかもしれないな――。
この重みに、果たして自分はいつまで耐えつづけられることだろう。
おんぎゃあ、おんぎゃあ。
耳の奥に、赤ん坊の泣き声がまとわりついて離れない。

Episode 2

壁とともに

チャイムが鳴ってインターフォンを覗(のぞ)きこむと、見慣れない相手が立っていた。

何だろうと思いながらもマイク越しに返事をすると、相手が言った。

「お初にお目にかかります。お忙しいところ恐れ入りますが、いま少々お時間をいただけませんでしょうか。玄関先で、ほんの少しで構いませんので」

何かのセールスだろうか、と私は思う。

まあ、ちょっとくらいなら構わないか……。

ちょうど家族が出払っていて時間を持て余していたこともあり、話だけでも聞いてみようかなという気持ちになった。

「少しお待ちくださいね。いま出ますから」

玄関先まで出ていって、扉を開く。

「どうぞ、狭いところですけれど」

相手は器用に身を低くして、身体(からだ)をよじりながら、にゅうっと中に入ってくる。

でん、と空間が占められる。

手にしたカバンを地面に置くと、名刺をこちらへ差しだした。

「申し遅れました、わたくし、こういう者でございます」

そこには、こんな言葉が書かれていた。

～壁とともに生きる明日へ～
ウォール株式会社
営業二課　塗壁正孝（ぬりかべまさたか）　Masataka Nurikabe

私は、目の前の相手を改めて眺める。

パッと見た感じは、大きな長方形の石壁だ。

しかし、もちろんただの石壁ではなく、上から三分の一くらいの高さに二つの目がついていた。仕立てのいいスーツを身にまとい、オシャレなネクタイも締めている。足元でピカピカと光っているのは、磨き抜かれた革靴だ。

「……あの、もしかして、塗壁さんは妖怪のぬりかべと何かご関係が？」

尋ねると、相手はぺこぺこと頭を下げた。

「これはこれは、すでにわたくしどものことを知ってくださっていたとは、大変恐縮です。

おっしゃる通り、まさしく、わたくしはそのぬりかべの一族でございます」

私はいたく感心する。

「へぇえ、妖怪さんって本当にいるんですねぇ……すみません、私、初めてお会いするもので」

「いえいえ、わたくしどものようなマイナーな存在は、世間様のお邪魔にならぬように隅のほうでひっそり暮らしておりますので、それも致し方ないことでございます」

「マイナーだなんて、そんなそんな。よくアニメとか漫画でお見かけしてますよ。昔から好きなんです、ぬりかべさんは」

「なんとも、もったいないお言葉でございます」

「でも、ぬりかべさんって、もっとこう、違う感じだと思ってました」

「と申しますと?」

「ほら、スーツを着てらっしゃったりして。なんとなく勝手なイメージで、石の壁そのものっていうイメージがあったので」

ぬりかべは頭を傾け、うんうんとうなずく。

「たしかに、昔はそうでございました。ですが、この頃はわたくしどももいろいろと状況が変わってきておりまして。くれぐれも世間様に失礼がないようにと、マナーの徹底を行っておるのです。とはいえ、まだまだ昔の粗野なイメージのほうが先行していて、お恥ずかしい限りでございます。おっと」

ぬりかべは恐縮しながら口にした。

「お忙しいところに、わたくしどもの話ばかりしてしまい、大変失礼いたしました」

「いいんです、どうせ時間はありますし」

「いえいえ、すぐに本題に移らせていただきます。じつはご子息についてのことなのですが」

「うちの子の？　なんでしょうか」

するとぬりかべはカバンから何かを取りだした。それはタブレット端末で、電源を入れると画面を向けた。

「こちらをご覧ください」

表示されていたのは、プレゼンテーションのスライドだった。

私はそこに書かれた言葉を読みあげる。

「壁導入のご提案……？」

ぬりかべはうなずく。

「ええ。ところで、その具体的なお話の前に、ひとつ質問をさせていただいてもよろしいでしょうか。恐れながら、奥様はこういったお悩みをお持ちではございませんか？」

スライドがめくられ、こんな一文が現れる。

――子供の将来が不安である。

「うわあ、あります、あります」

私は思わず声をあげる。

「夫ともよく話すんです。うちの子、もうすぐ小学生なんですけど、このままで大丈夫なのかって……ほら、最近はますます生きづらい世の中になってるでしょう？　変化がすごく激しいですし、このさき何がどうなるかも分かりませんし……そんな中で、しっかり生きていける人になれるのかって心配で……」

ぬりかべは大きくうなずいた。

「お察し申し上げます。では、こちらをご覧ください」

ぬりかべが画面をタップすると、次のスライドが表示された。

何かのグラフが現れる。

「なんですか、これ」

「先ほどの質問に対する、アンケート結果でございます」

「Ｙｅｓが90％以上……」

「みなさま、同じようなお悩みを抱えていらっしゃるというわけです」

「やっぱり、そうなんですね……」

つぶやく私に、ぬりかべはつづける。

「では、こちらの質問については、いかがでしょうか？」

またスライドが切り替わる。

そこには、こう書かれていた。

——何か具体的な対策をはじめている。

私は即座にこう答える。

「Ｎｏですね……」

スライドがめくられ、またアンケート結果が示される。

私と同じくＮｏの人が大半で、今度はその理由も一緒に掲載されていた。

——何をすればいいのか分からない。

——お金がない。

そんな言葉が並ぶ中、私はこんな項目に引きつけられた。

——挫折したらと不安になる。

私はまさに、と膝(ひざ)を打った。

「これです、これ、すごく分かります」

その一文を指さしながら、私はつづける。

「子供への接し方もそうですし、将来のために何かをやらせようと思っても、どれくらい厳しくするのがいいものなのかが分からなくて……厳しさも愛情のうちだって夫ともよく話すんですけど、もし下手にやって心が歪（ゆが）んだり、一生消えないトラウマにでもなったりしたら、どうしようって……でも、だからって甘やかしてばかりだと、それこそひ弱な人間になってしまうでしょう？　適度な厳しさっていうんですか？　その加減というのが、どうにも分からなくて困ってるんです」

「お察しいたします」

ぬりかべは画面をタップする。まるで心を先読みしていたかのように、私の指した項目が赤い線で囲まれる。

「じつは、奥様と同じような悩みを持たれている方が、いまの世の中にはとても多いのです」

「そうなんですか？」

ぬりかべはうなずく。

「ええ、最近の子供は根性がない、心が折れたらそれまでだ、苦労は買ってでもしろ——ひと昔前ならそういった、子供を突き放すような考え方が主流でございました。もちろん、そのようなやり方で力をつけるお子様もおられましたし、いまでもそういう方は一定数存在します。ですが、過剰な厳しさによって心に深い傷を負ってしまうお子様が、どれだけいたことか。その反動もあり、この頃では子供に寄り添おうという考え方が主流になりつつありますが、その弊害で甘やかされすぎ、社会に出てから使い物にならないというケースも多く出てきてしまっております。要するに、奥様のおっしゃる通り、加減がキモになるのです」

うんうん、と私は前のめりになる。

ぬりかべはつづける。

「ただし、です。では保護者の方が加減をわきまえてさえいればよいかというと、事はそう簡単ではございません。学校をはじめとして、お子様はさまざまな場面でさまざまな状況と出くわします。そのようなとき、その状況が果たしてお子様の健全な成長を促す、厳しすぎず甘すぎない最適なものになっているか——それはもはや、運次第としか申しようがございません」

ああ、本当にその通りだ……。

私は暗い気持ちになってくる。

いくら気を配ってがんばったところで、親にできることなんて限られている。すべては運のおもむくまま。コントロールなんてできないんだ……。

私はやっぱり、心配でたまらなくなる。

しかし、そのときだった。

ぬりかべが「ですが」と口にした。

「わたくしどもの手にかかれば、話は大きく変わるのです」

「えっ？」

思わず耳を疑った。

「どういうことですか？」

「ご覧ください」

スライドが新たなものへと切り替わる。

そこには、こう書かれていた。

《どんどん乗り越え、ぐんぐん成長！　ぬりかべ派遣サービスのご案内》

私はつぶやく。

「ぬりかべ派遣サービス……？」

「さようでございます」

ぬりかべは言う。

「こちらのサービスをご契約いただきますと、わたくしどもぬりかべが責任を持ち、お子様にとっての理想の〝壁〟を務めさせていただきます」

私は困惑してしまう。

「壁って、えっと、通せんぼするってことですか……？」

「まさしくです。ですが、この場合はふつうの意味とは異なります。ほら奥様、人間様の世界には〝壁にぶつかる〟という言葉がございますでしょう？　そして、その壁を乗り越えたあかつきには、大いなる成長が待っているとも。わたくしどもが務めさせていただくのは、その精神的な意味合いでの〝壁〟なのです」

「ということは……」

私は、なんとなく話の流れがつかめてきた。

「このサービスを契約したら、うちの子はぬりかべさんにとり憑かれるってことですか？で、ぬりかべさんがうちの子の壁になってくれて、子供はそれを乗り越えることで成長できる」

「おっしゃる通りでございます。ちなみに、わたくしどもはお子様の精神に直接的に作用することもあれば、周囲の方に働きかけて間接的に作用することもございます」

しかし、私は少しだけ不安になる。

「でも、とり憑かれてしまったりして、大丈夫なんでしょうか……」

「安心安全をモットーにしておりますので、ご安心ください」

ぬりかべは堂々と胸を張った。

その口調に安心感を覚えつつ、私は「まあ」とつぶやいた。

「たしかに、運次第で出会うどこの馬の骨とも知れない人に任せるよりも、プロの方にお任せしたほうがよっぽど信頼できそう……」

「そうでございます」

それに、と、ぬりかべはつづける。

「わたくしどもには、すでにたくさんの実績もございます。こちらは、ほんの一例ですが」

ぬりかべはタブレットをタップした。

次に現れたスライドには、難関大学の名前がずらりと並べられていた。

「弊社(へいしゃ)のサービスをご利用になられたお子様の進学実績です。もちろん、ただ大学に合格しただけではなく、その後、社会に出てからも順調に素晴らしい人材へと成長していっておられます」

「すごい……それじゃあ、うちの子もこの大学に入れるってことですか？」

私は嬉々として、リストの中の最難関校の名前を指さした。

しかし、ぬりかべは首を横に振った。

「いえ、残念ながら、そのあたりのことはお子様の適性を見ながらの判断となります」

「ええっ？　どうしてですか？」

「わたくしどもが提供させていただくのは、あくまでその方にとっての、ちょうどいい具合の壁なのです。目標とご本人様の適性があまりにかけ離れていると、目標に至るための壁を高くしたり、数も多くせざるを得なくなりますが、そうなると肝心の壁を乗り越えられなくなる可能性が出てまいります。つまりは挫折してしまうというわけで、それでは元も子もございません。一度は必ずぶつかるものの、適性の限りで努力をすればなんとかギリギリで乗り越えられる。それこそが理想の壁なのです」

「なるほど……」

これには、私も納得せざるを得なかった。

「そういえば」

気を取り直して、私はぬりかべに尋ねてみた。

「派遣されてきたぬりかべさんが、おひとりでいろんな教科の壁を担ってくれるんですか？」

「いえ、算数や国語、英語など、教科ごとにお子様にとっての理想の高さのぬりかべを派遣させていただいております」

「勉強以外の壁というのもあるんですか？」

「ございますとも。さまざまなコースをご用意させていただいておりまして、スポーツコースや芸術コースでは運動面や創作面の能力向上を支援させていただいておりましたり、対人コースではコミュニケーション能力の向上を支援させていただいております。もちろん、それらの実績も言わずもがなでございます」

次のスライドがめくられて、一枚の写真が現れる。

そこにはある人物が写っていた。

私はその人に見覚えがあった。たしか、サッカー選手だったはずだ。

ぬりかべは言う。

「この方は、もともとサッカーの才能に恵まれていたのですが、かつてそれにあぐらをかいて、練習をサボっていた時期がございました。そこで親御(おやご)様のご依頼のもと、わたくしどもがぬりかべを派遣させていただくことになったわけです。その弊社のぬりかべによる壁が効果を発揮し、ご本人様は自分はまだまだ下手だと感じるようになられました。と同時にぬりかべはコーチにも力を及ぼし、才能に見合った厳しい課題を出させるようにいたしました。その結果、この方は実力をどんどん伸ばされていき、いまでは日本代表の選手にまでなられました」

写真の下には、親御さんのコメントがついていた。

――今日の息子を形づくってくれたのは、間違いなくぬりかべさんです。

ぬりかべは画面をタップした。

別の写真が現れる。

「ほかにも、じつは、わたくしどものサービスはビジネス現場でも導入していただいておりまして」

写っていたのは、生き生きとした表情のスーツ姿の女性だった。その下には「20代、IT関連」と書かれている。

「この方は、自ら弊社のサービスにお申し込みをしてくださいました。もっともっと社会のために役立ちたい、そのために早く仕事ができるようになりたい。そんなご要望を頂戴しまして、限界ギリギリのもっとも高いぬりかべを派遣させていただくこととなりました。今では社のエースとしてご活躍をなさっておられます。ちなみに、ビジネス現場では逆のニーズもございます。面倒なことはすべて部下に丸投げして、ラクして給料だけを持っていく。そんな方にちゃんと働いてもらうために、上層部のご依頼でわたくしどもが派遣されるケースも多くあります」

ともあれ、とぬりかべは言った。

「このように、いま弊社の事業はどんどん拡大しておりまして――」

スライドが替わり、世界地図が表示される。

日本から世界の国々に向かって、たくさんの矢印が伸びている。

「おかげさまで、近年ではグローバルでの実績もどんどん増えていっております」

私は感嘆のため息をついた。

教育からビジネスまで。おまけに、日本だけじゃなくて、海外にまで。

ぬりかべさんたちは、なんて幅の広い仕事をされているのだろう――。

すごいなぁと思いながら、私はこんなことをつぶやいた。

「これだけ世界中で需要があると、なんだか人間にも事業のまねをされそうですねぇ……」

「いえいえ、まねをしようとしても、簡単にはいかないようになっております。参入障壁が高いのです。もちろん、その〝壁〟は弊社のぬりかべが担っておるわけでございますが」

「ははあ……」

抜かりがないなぁと、尊敬の念がこみあげてくる。

そのとき、ぬりかべが口にした。

「さて、それでは、こちらが本日最後のスライドになります」

ぬりかべは画面をタップする。

コースの一覧と、それぞれの料金が示された一枚が現れた。

「いかがでしょうか？　ぜひとも前向きにご検討いただければありがたく思っております。今ならご契約特典も――」

その言葉が終わるより早く、私はこう言っていた。

「契約します！」

迷いなどあろうはずもなかった。

自分の抱えている悩みのこと、輝かしい実績の数々。そして何より、私の中ではこの短いあいだでぬりかべに対する多大なる信頼感が芽生えていた。

このぬりかべさんの会社にだったら、うちの子を任せても大丈夫だろう。

いや、ぜひお任せしたい！

ぬりかべは、うやうやしく頭を下げた。

「ありがとうございます。必ずお役に立たせていただきます」

ついては、と、ぬりかべはつづけた。

「ご契約の特典のことなのですが」

そうだった、と、思いだす。

「なんでしょうか」

「じつは、わたくしどもはもうひとつ、最近、新たなサービスを開始いたしまして。ご契約者様には、その無料体験をご案内させていただいておるのです」

「まだほかにもあるんですか」

「ええ、こちらは壁を設けるのではなく、なくすというものでございます」

ぬりかべは言う。

「個人と個人の間の壁、世代間の壁、人種間の壁……世の中にはさまざまな壁がございますが、それらの背景には自然発生したぬりかべが関係していることが多いのです。そして、人間様はそれにより、理解し合えない、分かり合えないという状況に頻繁に陥っていらっしゃる。そこで、わたくしどもがそうしたぬりかべたちと交渉して、立ち退かせる事業をはじめたのです。もちろん一度にすべての壁を、とはいきませんが、ひとつひとつ、根気強く立ち退き交渉をしております。今後は壁を設ける事業と双璧をなすものにしていくべく、さらに力を入れていく所存です」

私は感動で胸が震えた。

ぬりかべの言う通り、世の中には不要な壁がたくさんある。区別ではなく、差別に使われるような壁だ。

性別の壁、学歴の壁、職業の壁……。

それらの壁を取り払っていこうだなんて、なんて素敵な取り組みだろう。

どんどん拡大していってほしいな——。

そんなことを思っていると、ぬりかべが言った。

「じつはわたくしも、本日もそのたぐいのぬりかべと事前に交渉し、立ち退かせてからこちらにまいった次第でして」

「えっ？」

思わぬ言葉に、私は虚(きょ)を突かれてしまう。

「それはどういう……」

「奥様が何の抵抗感もなく、わたくしのお話を聞いてくださったことに関係しております」

ぬりかべは恐縮しながら、口にした。

「じつは、奥様とわたくしとのあいだに立ちはだかっていた〝種族間の壁〟を、あらかじめ取り除かせていただきまして」

N肉

その店を訪れたのは、先輩に誘われてのことだった。

うまい肉を出す店がある。

そんなことを言われると、黙ってなどいられない。

おれは無類（むるい）の肉好きだからだ。

焼き肉、ステーキ、スペアリブ……。

牛、豚、鶏からはじまって、ラムや馬、イノシシなどのジビエはもちろん、果てはワニやヘビまで。日頃から肉ばかりを食べ歩き、うまい肉料理を出す店があると聞きつければ、そのためだけに遠出をする。給料は、そのまますべて肉に変わっていると言っても過言ではない。

自信満々の先輩に、おれは言った。

「本当ですか？　がっかりさせないでくださいよ？」

念を押しても、先輩は大丈夫だから、と胸を張った。

おれは半信半疑で、誘われるがままについていった。

その店は、西麻布の小路の先にこぢんまりとたたずんでいた。

扉を開けると狭い通路が現れて、そこに席が並んでいた。

カウンターの中では、シェフがひとりで作業をしている。

挨拶をして席に座ると、先輩は言った。

「この店の料理は、全部お任せで出てくるから」

酒を飲みながら料理が出てくるのを待つあいだ、先輩は店のことを教えてくれた。

ここは会員制で、最初は誰かの紹介がなければ入れない。予約も取りづらいので、もし気に入ったら帰り際に次の予約を取っておくのをオススメする。

肝心の肉についての情報は、あえて尋ねはしなかった。周りの客に出されている料理も、意識して見ないようにしておいた。そのほうが、楽しみが増すからだ。

そうこうしているうちに、お待たせしました、という声が聞こえた。

まずは前菜が出てくるのだろう。

おれはそう思いこんでいた。

が、カウンター越しに差しだされたのは鉄板だった。

いきなり肉か！

一気に興奮しはじめて、おれはそれを覗きこむ。

ところが直後、首を傾げた。

「なんですか、これ……」

鉄板に載っていたのは、ぶよぶよしたピンクの何かだったのだ。

形が丸くて平べったいので、ハンバーグだろうかとも一瞬思った。

しかし、焼き目こそついているが、どうもそうではないようだった。

「まあ、まずは食べてみな」

「はい……」

おれはナイフとフォークを手に持って、とりあえずその塊を切りはじめた。

表面に加えて、中もまんべんなくピンクだった。断面にはひき肉を混ぜたような感じもなく、強いていうなら脂肪の塊のように見える。

おれはさっそく口に運んだ。

目を見開いたのは、その瞬間だった。

ナイフで切ったときには、肉汁はまったく出なかった。にもかかわらず、嚙んだとたんに熱々のそれが口の中にあふれてきたのだ。

次に感じたのは、極上の旨味だった。

おお……!

味は牛のようだった。

いや、違う。

豚のようでもあり、鶏のようでもあり……どの肉にも通ずるものを感じる一方で、そのどれとも異なっているような印象だった。

不思議なのは味だけではなく、食感もだ。

軟らかいフィレのようだなと思ったら、次のひと嚙みではナンコツのようにコリコリして、さらに次のひと嚙みではホルモンのようにぐにゃっとなったりした。

嚙むたびに変わる食感は不快どころかじつに愉快で、めまいを覚えずにはいられなかった。

おれは夢中で頰張った。

そして、気づけばあっという間に完食していた。

隣では、先輩がニヤニヤしていた。

「な？　言った通りだったろ？」

おれはうなずかざるを得なかった。

「素晴らしい味でした……」

そして、尋ねた。

「でも、これ、何の肉なんですか……？」

先輩は依然としてニヤニヤしながら、こう言った。

「これはな、N肉だ」

「N肉？」

初めて聞く名前に、おれは首を傾げてしまう。

「新しいブランド肉、とかですか？」

いや、と先輩は首を横に振る。

「たぶん違う」

「たぶん……？」

「じつは、おれもよく知らないんだよ」

先輩は言う。

「シェフに聞いても秘密の一点張りで。N肉だとしか教えてくれないんだ。本当にそんな名前の肉なのか、何かを省略したものなのか……常連のあいだでは謎の肉でN肉じゃないか、なんて冗談半分で言ってるんだけどな。Nの意味は何なのかっていくら聞いても、ヒントすら与えてもらえない。ねぇ、シェフ」

先輩は、カウンターの中のシェフに話しかけた。

シェフはチラッとこちらを見たが、少し笑っただけでまた作業に戻った。

「まあ、おれはこんなにうまいものを食べさせてもらえるだけで幸せだから、別に何の肉でもいいんだけどな。あんまりしつこくして出禁にでもなったりしたら、目も当てられないし」

そう言って、先輩は笑った。

ピンクのN肉料理はどんどん出てきた。

野菜と蒸した、せいろ蒸し。

カットして炭火で炙(あぶ)った、串焼き。

スライスしたものにワサビと玉ねぎを添えた、タタキ。

ピーマンの肉詰め、肉じゃが、トマト煮、唐揚げ……。

ふつうなら胃もたれしそうなメニューだったが、まったくそんなことはなく、おれは箸が止まらない。

「うまい……うますぎる……！」

N肉は、どんな食材とも調味料とも見事に調和していた。それでいて、主役はあくまで肉なのだという主張もちゃんと感じる。

シェフの腕がいいのはもちろんだろうが、この肉の調理法の幅広さには舌を巻かざるを得なかった。

シメのN肉丼をかきこむと、おれは言った。

「ごちそうさまでした……！」

身体（からだ）は、まだまだN肉を求めていた。

できることなら、追加で料理を頼みたかった。

が、店の方針でそれはできないとのことで、おれは後ろ髪を引かれつつも席を立った。

「一応、会員にもなれるけど、どうする？」

先輩の意地の悪い質問にも、素直に答えた。

「なります……いえ、ならせていただきます！」

無論、次の予約を取ることも忘れなかった。

それ以来、おれはその店に足しげく通いはじめた。

最初のうちは先輩と一緒だったが、すぐにひとりで店を訪れるようになっていった。

N肉は、何度食べても飽きがまったくこなかった。それどころか、毎回まるで初めて食べたような衝撃に襲われ、その懐（ふところ）の深さには驚かされてばかりだった。

肉巻きに、甘辛煮。

赤ワイン煮込みに、すき焼き。

しゃぶしゃぶでお湯にくぐらせたN肉も素晴らしければ、炙ったN肉をのせた寿司はこの世のものとは思えないほど絶品だった。

おれは店を訪れるたび、手を替え品を替えシェフに尋ねた。

「これって、何の肉なんですか？」

しかし、シェフはいつも曖昧(あいまい)な笑みを浮かべるだけで、何も教えてはくれなかった。

通う頻度がますます高くなるにつれ、もうひとつ、おれは別のことも気になりはじめた。

どんな常連客でも、予約は週に一度までという決まりがあることだ。

ほかの客の来店チャンスを奪わないための取り決めなのか……。

最初のうちはそう思っていたが、一度、ダメ元でふらっと予約なしで店を訪れてみたときだった。中に入ると席が空いていたので、シェフに尋ねた。

「今からお願いできますか？」

しかし、シェフは首を横に振った。

「お客さまは三日前にいらっしゃっていますので、すみませんが本日はお入りいただくことができません」

「でも、席は空いてるんですよね？」

「ええ、キャンセルが出まして」

それならば、とおれは言う。

「入れてくださいよ。あっ、もしかして、今日はN肉が足りないとかですか？」

「いえ、ありますよ」

「だったら」

「すみませんが、そういう決まりなんですよ」

おれは食い下がったが、シェフはかたくなに譲らない。

あんまり粘ると、二度と入れてもらえなくなるかも……。

最後はそんな考えが勝り、あきらめて帰ることにしたのだった。

そんなことがありながらも、その後もおれは週に一度のペースで店に通い、N肉を胃袋に収めつづけた。

しかし、次第にある悩みを持つようになる。

食べている最中は至福の時を過ごせるのだが、食べ終わった直後から苦痛の時間がはじまるのだ。

次にN肉にありつけるのは、早くても一週間後……。

そう思うと、どうにかなってしまいそうだった。

おれは仕事中も、家に帰ってからも、夢の中でさえも、N肉のことばかりを考えるようになっていった。無意識のうちに口の中は唾液であふれるようになり、ごくりと喉を鳴らしてしまう日々がつづいた。

シェフへの恨みが募っていったのは、じつに自然な流れだろう。

なんで、週に一度しか店に入れてくれないのか。

なんで、もっと食べさせてくれないのか。

客が求めているのだから、提供するのが筋というものなんじゃないか。ましてや、席に空きがあるのに拒否するなんて、言語道断の行為じゃないか。

嫉妬心も湧きあがる。

きっと、あのシェフは店で余った肉をまかないとして自分の口に運んでいるのだろう。いや、まかないどころか好きなときに好きなだけ、店で出すレベルのN肉料理に舌鼓を打っているに違いない。

自分だけが楽しみを独占するなんて、許せない……。

どうにかしてもっとあの肉にありつけないかと、おれは必死で考えた。

そして、シェフが出した店のゴミを漁ってみることを思いつく。

果たして、その中に、捨てられているN肉の切れ端を発見した。

おれはそれを持ち帰り、自分の家で料理した。

N肉は、素人の自分が扱ってもまったく味は落ちなかった。衛生面だけが心配だったが、体調を崩すことなどもなかった。

おれは相変わらず店にも通いながら、毎日のようにゴミを漁って肉を持ち帰るのが習慣になった。

しかし、すぐに切れ端では満足できなくなってくる。

もっと、思う存分あの肉を食べるためにはどうしたらいいか……。

盗みに入るということも考えた。が、何度も使える手ではない。

やがて、おれは簡単なことに気がついた。

N肉の仕入れ先を突き止めればいいだけじゃないか！

思いついてから実行に移すまでは早かった。

そこからの数日間、おれは会社を休み、隠れて店を監視した。そして、やってきた宅配業者をつかまえて、代わりに肉を受け取ることに成功した。

そこには、送り主の住所が書かれていた。

おれはそれを写真に撮ると、店の前に荷物を置いて逃げ去った。

住所の場所は、車で三時間ほどの山奥にあった。

一本道を進んでいくと、やがて開けた場所に出て、大きな建物が現れた。

車から降り、そちらに近づく。

こんな看板がかかっているのが目に入る。

《ぬっぺファーム》

ここであの肉が作られてるのか……。

想像するだけで唾液があふれる。

「すみませんっ」

勝手に中に入っていき、声をあげた。

「すみませんっ」

誰でもいいから、早く出てこい。

おれはN肉が食べたいんだっ！

内心でそんな悪態をついていると、はい、という返事が聞こえてきた。

遅い遅い、早く来い！

そのとき、奥からにゅうっと誰かが姿を現した。

「あの、N肉を譲ってもらえま……」

そう言いかけて、おれは途中で絶句した。

現れたのは人間――などではまったくなかった。

ぶよぶよと恐ろしいほどに太ったそいつには、そもそも頭にあたる部分がなかった。そして代わりに、ピンク色の垂れた肉が胴全体に顔のような形をつくっていた。

おれは呆然(ぼうぜん)としてしまう。

何なんだ、この肉の塊みたいなやつは……!?

固まっていると、そいつは落ち着いた口調で言った。

「なにか御用でしょうか?」

しばらくのあいだ、何も言葉が出てこなかった。

が、おれはなんとか口を開いた。

「あなたは何者……なんですか……!?」

そいつは答えた。

「妖怪の、ぬっぺふほふ、と申します」

「ぬっぺふ……」

「ぬっぺふほふです。まあ、人様にとっては呼びづらいでしょうから、ぬっぺ、と呼んでいただくので結構ですよ」

瞬間、そういえば、と思いだす。

表の看板にも、たしか「ぬっぺ」と書かれていたな……。

そいつは妖怪だとも名乗ったが、その点については疑う余地はなかった。こんな異形の存在が、妖怪でないはずがないからだ。

心の中では恐怖心が膨らんでいた。

が、おれは肝心の目的を思いだし、おそるおそるこう言った。

「あの、ぬっぺさん……」

「はい、なんでしょう」

「えっと、その、N肉を探しにきたんですが……あなたは何かご存知ですよね……？」

「N肉、と言いますと？」

おれは西麻布のあの店の名前を口にした。

「あそこに肉を卸してるのは、ここですよね……？」

すると、ぬっぺふほふは、ああ、と答えた。

「ぬっぺ肉のことでしたか」

「ぬっぺ肉……？」

そうつぶやいた直後だった。

「……あっ!」

おれの中でひとつにつながるものがあり、ぬっぺふほふに向かって言った。

「N肉の〝N〟って、もしかして、ぬっぺ肉の〝N〟だったんですか⁉」

「さあ、それについてはよく存知ませんが、ぬっぺ肉をあのお店に卸させていただいているのは事実です」

ぬっぺふほふはそう言ったが、おれはこう確信していた。

N肉とは、ぬっぺ肉を略した名前だったのだ、と。

しかし、そんなことより、もっと知りたいことがあった。

結局のところ、ぬっぺ肉とは何なのか、ということだ。

おれはズバリ、それを尋ねた。

「ぬっぺ肉っていうのは、その、何の肉なんですか……?」

簡単に教えてくれるとは思わなかったが、ぬっぺふほふは、あっさり答えた。

「何って、我々ぬっぺふほふの肉ですが」

「えっ?」

真(ま)に受けかけて、おれは、いやいや、と思い直す。

「からかわないでくださいよ……まあ、たしかに色は似てますけど」

「からかうも何も、私は事実を述べたまでです」

ただ、と、ぬっぺふほふはこうつづけた。

「もしアレでしたら、せっかくですし、ぬっぺ肉の生産現場でも見ていかれますか？　そのほうが話も早いかと思いますので」

「はあ……」

おれは、その話をまったく信用してはいなかった。

どうせ、肉の秘密を隠すためのウソだろう。

まあいい、と、おれは思う。

そっちがその気なら、この目でその事実とやらをたしかめてやろうじゃないか——。

再び呆然となったのは、ある一室に通されたときだ。

現れた光景に、おれは開いた口が塞がらなくなった。

その広い部屋には、同じようなぬっぺふほふがたくさんいたのだ。

ある者は、ソファーに寝そべりゲームをしていた。またある者は、床であぐらをかいて大量のスナック菓子を一心不乱にむさぼっていた。

だらっと座椅子に腰かけてスマホをじっと見つめている者。ごろんごろんと右に左に無意味な感じで転がっている者。四人でロの字形になり、互いの身体を枕にしながら眠っている者。

彼らはこちらを振り向きもせず、思い思いにだらけ切った様子で、しかし幸せそうに過ごしていた。

「この方たちは……」

つぶやくと、案内人のぬっぺふほふは口にした。

「ぬっぺ肉の生産者たちです」

「生産者……？」

「ここで好きなように暮らしてもらい、肉がたまったら、もいでもらっているんですよ」

そのとき、ひとりのぬっぺふほふが、のそのそとダルそうに立ち上がった。

「ちょうど彼が、もぎにいくところですね。どうぞ、こちらへ」

促されて後につづくと、そのぬっぺふほふは隣の部屋へと入っていった。そこにはベルトコンベアが設置されていて、ぬっぺふほふは身体をまさぐったあと、その上に何かをポンと置いた。

直後、おれは目を見開いた。

ぬっぺふほふが置いたピンクのもの——それは間違いなくN肉だったのだ。

ここに至って、おれはようやく理解した。

先ほどの話は、すべて事実だったのだ、と。

案内人のぬっぺふほふが、おれに言う。

「こうやって、もいだものを真空パックして、クール便で各地へ出荷しているんですよ。ですから、みなさんの仕事は身体に肉を蓄えるということになりますね。そのためにも日頃から、みなさんには思う存分だらだらと過ごしてもらっているわけなんです。ちなみに、ここにいる方たちは月に一度リクエストカードを提出できる権利があり、太るために必要なものなら何でも手に入れられるようにもなっています。私も社長兼、生産者なので、生産のために制度を有効活用していまして。来月のリクエストでは、前から食べてみたかった高級チーズをスイスから取り寄せる予定なんです」

ぬっぺふほふは、楽しみを抑えきれないといった口調で言った。

しかし、おれは途中からあまり聞いてなかった。

目の前を流れていったN肉、いや、ぬっぺ肉のことで頭がいっぱいだったからだ。

自分は、ずっと妖怪の肉を食べていたのか……。

そう思うとぞわぞわしなくもなかったが、圧倒的に肉の魅力のほうが勝ち、すぐにそんなことはどうでもよくなっていた。

おれは、ごくりと唾を飲みこむ。ぬっぺ肉の七色の味わいが口の中に勝手に広がる。

そのとき、ぬっぺふほふがこう言った。

「じつは、最近の我々はビジネスの幅を広げようと新しいことにもチャレンジしていましてね。肉の生産だけではなく、自分たちで加工や販売もやりはじめたりしていまして。6次産業化というやつです。ゆくゆくは、ネット通販やレストラン経営などにも挑戦してみたいとも思っています」

それを聞き、半ば叫ぶようにおれは言った。

「ということは、ここでぬっぺ肉が買えるんですか⁉」

「ええ、直売所を併設していますので。試食できたりもしますから、よかったら寄っていかれますか？」

強くうなずいたのは言うまでもない。

案内された直売所には、生肉のほかに、いろいろな加工食品が売られていた。

ぬっぺソーセージ。

ぬっぺジャーキー。

ぬっぺハム。

おれは片っ端から試食の品を口の中へと放りこむ。

「うまいうまい……うますぎる……！」

「それはよかったです。生産者冥利に尽きる思いですね」

おれの興奮は収まらない。

これからは、ここに通いつづけるぞ。

わざわざ店に通わなくても、毎日がぬっぺ三昧だ！

そのとき不意に、あの店のシェフのことが頭をよぎった。

そして、改めてこんな疑問が湧いてきた。

直売所まであるというのに、なんでシェフは肉の秘密を隠していたのか……。

利益を独占するためだろうか。

いや、と、おれはこう思う。

きっと、このぬっぺ肉をほかのやつに自由に食べさせたくなかったんだ。

ふつふつと怒りがこみあげてくる。

なんて性格が悪いやつだ！

温厚そうな顔をして、内心ではほくそ笑んでいたのだろう。

「自分だけ好きなときに好きなだけ食べやがって……」

無意識のうちに、つい心の声がもれていた。

それを聞き、ぬっぺふほふが口にする。

「好きなだけ食べる？　なんのことです？」

「あっ、いえ……」

口ごもりつつも、おれは言う。

「あの店のシェフは毎日ぬっぺ肉を食べているのかと思ったら、なんだかうらやましくなってしまって……」

すると、ぬっぺふほふは「えっ？」と言った。

「あの方でしたら、いっさい召し上がってはいませんよ」

「えっ？」

今度はおれが声をあげる番だった。

「そんなわけないじゃないですか。こんなうまい肉が、いつでも食べ放題の状態なんですよ？」

いえいえ、と、ぬっぺふほふは否定する。

「あの方は、あくまで我々のビジネスパートナーですからね。召し上がってはいないんです」

意味が分からず、おれは尋ねる。

「……そのことと肉を食べないことが、どう関係するんですか？」

「引き返せなくなる可能性があることを、よくご存知ですからね」

「えっと……中毒性があるってことですか……？」

「それもあります」

ぬっぺふほふは、ですが、とつづける。

「もっと重要なのは、食べすぎるとぬっぺ化するということでしょう」

「は？」

おれは尋ねる。

「どういうことですか……？」

「そのままの意味です。ぬっぺ肉には、ぬっぺふほふにさせる力がありまして。先ほどご覧になったみなさんも、ぬっぺ肉を食べすぎた人の成れの果ての姿なんです。

もっとも、私などに言わせれば、人間なんかのままでいるより、我々みたいになったほうがよっぽど幸福だと思いますがね。そんな私ももちろん元は人間ですが、いまのほうが前よりずっと幸せです。高級チーズも食べられることですし。

何はともあれ、もうすぐあなたも」

笑みを浮かべるぬっぺふほふに、思わずたじろぎ後ずさる。

おれの身体の至るところで、たぷんたぷんと肉が揺れた。

Episode 4

川の陶工

週に一度や二度の徹夜は当たり前。

土日はどちらか出勤し、代休を取ることもままならない。

私は日々、そんな激務の中に身を置いていた。

最初の数年は、仕事を覚えるのに必死だったり、早く戦力になりたいという焦りから、立ち止まって自分のことを考える余裕なんてまったくなかった。

でも、だんだん仕事に慣れてくると、ふとしたときに私は虚無感(きょむかん)に苛(さいな)まれるようになった。

自分はいったい、何のために働いてるのか……。

そもそも、いまの会社を選んだのにも確たる理由があるわけじゃなかった。

やりたいことは特にない。それならば、少しでも給料がいいところに就職できれば。

そんな軽い気持ちで、なんとなく決めたに過ぎなかった。

今になって、私はときどき考える。

こんな働き方が、いつまでもつづけられるわけがない。身体(からだ)にも、いつかはガタが来るだろう。

そうなってからじゃ、遅いんじゃないか……。

それに、だ。

趣味もなければ、生きがいもない。

仕事に追われ、ただ擦り切れていく。

そんな自分で、本当にいいんだろうか――。

一軒のお店と出くわしたのは、ある日のことだ。

仕事で訪れた街で、古びた陶器屋を見つけたのだ。

ふだんなら、バタバタしていて足を止めることなんてなかったかもしれない。

でも、この日はたまたま時間があって、私は無性にそのお店のことが気になった。

仕事中でも、ちょっと見ていくくらいなら別にいいよね……。

そして私は、ふらりとお店に立ち寄ることにしたのだった。

中に入ると、いろんな食器が置いてあった。

湯呑、お茶碗、マグカップ。

いいお値段が書かれた値札の横には、作家の名前が添えられている。

どの器もとてもきれいで、趣があった。

こういうのが家にあったら、日常も少しは華やぐのかな……。

そんなことを考えながら奥へ奥へと進んでいたときだった。

ふと、一枚のお皿に目がとまった。

それは透明感のある淡い水色のお皿だった。何の装飾も施されていないシンプルなものだったけれど、私は妙に引きつけられて、それを手に取ってみた。

その瞬間だった。

ひんやりした感触に包まれたかと思ったら、突然、どこからともなく音が聞こえた。

何の音かは、すぐに分かった。

せせらぎだ――。

心地がよくて耳を傾けているうちに、私はなんだか本当に川のほとりに立っているような気持ちになってきた。

木漏れ日の中、せせらぎに交じって葉っぱが風にこすれる音や野鳥のさえずりが聞こえてくる。

無意識に息を吸いこんだ。

すがすがしい空気が身体の隅々まで行きわたる。

なんて気持ちがいいんだろう――。

「お客様」

声をかけられ、私はハッと我に返った。

見ると、お店の人と思しき老人がいつの間にかそばにいた。

「あっ、すみません！」

触ってはいけないものだったかと、私は手にしたお皿を慌てて元のところに置いた。

「あの、私、こういうお店にほとんど入ったことがなくて……」

老人は、にこやかな笑みを浮かべていた。

「いえいえ、こちらこそ話しかけたりしてすみません。せっかく川に浸っておられたのに。それを手に取られるとはお目が高いと、ついうれしくなってしまいまして」

「はあ……」

なんと答えたらよいのか分からず、私はとりあえず口にした。

「これって、有名な方のものなんですか……？」

「ええ、知る人ぞ知る陶工による逸品です」

作者のところに目をやると、「河俣五郎」と書かれている。

老人は言う。

「その方は、ずっと昔からつづいてきた窯元さんの八十七代目です。ただ、残念ながら今は時代の流れで後継者がいないそうで、当代で途絶えるかもしれないと伺ってはいますが」

私は尋ねた。

「こんなに素晴らしいお皿なのに、ですか……？」

「お目が高いと申したのが、そこなんです。このお皿の真の価値を感じるには、豊かな感受性が必要なんです。この頃はそれを持ち合わせた方がずいぶん減ってしまったわけですが、まあ、それはさておき、お客様はその失われつつある豊かな感受性をお持ちであるということですね」

私は恐縮してしまう。

こんな自分に、そんなものがまだちゃんと残っているのか……。

いまいち信じられないながらも、私は言った。

「あの……お皿を持ったとたんに川が見えたような気がするんですけど……」

「そうでしょうとも。この皿は、川そのものですから」

「そのもの……？」

「まあ、私が説明するのも野暮（やぼ）というものでしょう。ひとつだけ申し上げるなら、陶工も喜ばれるはずだということですね」

「その陶工って、どんな方なんですか？」

「興味がおありで？」

微笑(ほほえ)む老人に、私はすぐにうなずいた。

お皿に触れたその瞬間から、すっかり心は奪われていた。

このお皿を手元に置いて、暮らしたい。

そう思ったのはもちろんのこと、自然とこうも思っていた。

これをつくった人と会ってみたい。

そして、話をしてみたい。

「では」

老人は手元の紙に地図を描いた。

「ぜひ、ここに」

今どき手描きの地図なんて珍しいなと思いつつ、それはそれで、なんだかこのお皿にぴったり合っているような気もした。

そして私は購入したお皿を包んでもらうと、お店を後にしたのだった。

それからしばらくたった休みの日、朝早くから、私はひとりある地方の山中にいた。

老人が教えてくれた住所だけでは、その山のふもとまでしかたどりつくことができなかった。

そこから先をナビしてくれるのは、手描きの細かな地図のみだ。

山登りの格好をしてきてよかったな……。

ほとんど道ではないような道を上りながら、私は自分の判断を褒めてあげたい気持ちになる。

川沿いを進んでいくうちに、山はどんどん深くなった。

本当にここで合っているのかと何度も地図を確認しつつ、あの老人を信じて歩きつづけた。

たくさんの目印を通り過ぎ、最後の目印となる大樹のそばまでやってきた頃には、秘境どころか、もはや完全に自然の支配する世界になっていた。

こんなところに人なんているんだろうか……。

周囲をきょろきょろと見渡した、そのときだった。

一軒の小屋が目に飛びこんできた。

私はそちらに近づいて、おそるおそる声をかけた。

「あの、誰かいますか……？」

扉をノックしてみるも、返事はない。

誰もいないのかな……。

そのとき、後ろから声が飛んできた。

「わしに何かご用かな？」

私は、ひっ、と振り返る。

「すすす、すみません！」

慌てて言いつつ声のほうに視線を向けた。

そのとたん、私はさらに驚いた。

立っていたのは、明らかに人ではなかったからだ。

腰蓑をつけた目の前の者は、全身が緑色に覆われていた。口はクチバシのようになっていて、亀の甲羅のようなものを背負っている。そして、頭にはお皿がついていた。

「河童……!?」

私が言うと、相手はこくんとうなずいた。

「いかにも、わしは河童だが」

あまりにあっさり肯定されて、私は言葉のつづきが出てこなかった。

「えっと、その、あの……」

しどろもどろになっていると、河童は、かっぱっぱ、と変な声で笑いはじめた。

「まあ、こんなところで立ち話もなんだから、中に入っていってはどうかな？」

「い、いいんですか……!?」

「構わんよ。何もない老河童の住まいでよければな」

まさか河童と出会うなんてつゆほども思わず、依然として驚きは拭えなかった。

でも、彼の口調や雰囲気ゆえか、不思議と怖いとは思わなかった。

「じゃあ、お邪魔します……！」

思い切って、私はそのあとについていった。

中に入ると、河童はお茶をいれてくれ、緊張しながら口をつけた。

しばらくすると、河童が言った。

「こんな辺鄙なところに、お主はなぜやってきたんだ？」

「えっと……」

私は河童に説明した。

たまたま出会った陶器屋のこと。そこで手に取ったお皿のこと。そのつくり手に一目会いたいと思ったこと。

「あれをつくったのは、あなたですか……？」

「いかにも、わしがその河俣五郎だが」

それを聞き、私はウズウズしはじめた。

「あの……」

「うん？」

私は勇気を振り絞り、勢いよく頭を下げた。

「私を弟子にしてください！」

「は？」

きょとんとしている河童に向かって、なおも頭を下げつづける。

「お願いします！　この通りです！」

私は言う。

「お皿に出会ってから今日までのあいだ、いろんなことを考えて……最初のうちは、こんな素敵なお皿をつくったのはどんな人なんだろうっていう興味だけしかなかったんです。でも、だんだん自分でもこんなお皿をつくってみたいって思うようになってきて……いえ、もしかすると、最初に目にしたときから無意識ではもう、そう思ってたのかもしれません。とにかく、これだ、って思えるものと初めて出会えて……」

私は語る。

これまで自分は趣味も生きがいも持つことができず、流されるままに生きてきたこと。

仕事に追われ、今にも擦り切れそうになっていたこと。

本当にこのままでいいのかと、自問自答を繰り返していたこと。

「でも、このお皿と出会って、川を感じて、そういうのがぜんぶ一気にパァーッと晴れてくみたいな感じになったんです。心の底から、これだ、って思うことができたんです。一時的な気まぐれなんかじゃありません。じつはもう、退職届も出してきました。住むところも食べるものも自分でなんとかするつもりですし、もちろんお金だって要りません。ですから、弟子にしていただきたいんです……お願いします！」

私はまた深々と頭を下げた。

我ながら、あまりに強引だとは自覚していた。自分勝手で迷惑なお願いであることも分かっていた。

でも、内に芽生えた衝動に逆らうことはできなかった。

「すまんが……」

老河童はすぐに答えた。

「……それはできん」

断られるであろうことは覚悟していた。

簡単には引き下がらないぞ、ということも。

「お願いします！　私、いい加減な気持ちなんかじゃありません！　本気なんです！」

「……残念ながら、そういう問題ではないんだよ」

「えっ？」

「この仕事は、わしの代で最後だろうと思っておるんだ」

私は尋ねる。

「……どういうことですか？」

「わしはな、何も人間のためだけに皿をつくっておるわけではない。むしろ、そちらは道楽みたいなものでな。本業はこれをつくることなんだ」

老河童は身体を傾け、私のほうに頭を向ける。

「河童たちのために、頭に載せる皿を作る。それが、わしら川の陶工の本来の仕事だ。河童の皿は、人間が使うようなものとは違ってな。常に潤いが保たれておらねば、命に関わる。だからわしらはそのために、川をこめた特別な皿を焼いておるというわけなんだ。お主が皿から川を感じたのも、それが理由だ。もっとも、最近ではそもそも川を感じられる者自体がすっかり減ってしまったがな」

「あっ……」

私はつぶやく。

「そのこと、あのお店でも聞きました……そういう人が少なくなってるって」

いや、と河童は口にした。

「それは何も、人間だけに限った話ではないのだよ。残念ながら、河童たちも似たようなものでな。それもあり、今はわしら陶工の焼く皿を求める河童はほとんどいなくなってしまった」

でも、と私は河童に尋ねる。

「みなさんには、お皿が必要なんですよね……？」

「その通り。が、潤いが保てるのなら、必ずしも陶器の皿である必要はない」

河童は言う。

「最近は若者の陶器離れが進んでおってな。もっぱら人気なのは、人工の川を練りこんだシリコーンの皿だ。陶器に比べて耐久性に優れておるから、万が一、皿を落としても割れることはない。暑さにも寒さにも強いから、気温に敏感にならずともいい。ビビッドな色合いも、人気を支えるひとつらしいな。

ただし、川というのは名ばかりで、実際に触れてもそれから川を感じることなどはない。あるのは潤いを保つ機能だけだ。が、今の若者にとっては、その最低限の機能さえあればいいようでな。わしみたいなのは古いのだよ。

いずれにしても、陶器の皿を欲する者がいないのならば、それを焼く陶工もいなくてよいことになる。この頃は陶工も次々と窯を閉じて、このあたりで残っているのは、もうわしくらいだ。

時代が求めていないものは、おのずと廃(すた)れゆく運命にある。だからこの窯も、この老いぼれの代で終わりにしようと思うておるのだ」

河童は乾いた笑みを浮かべた。

「お主には申し訳ないが、そういうことだ。誰も欲しがらないものを焼いても仕方がない。あきらめて、早く人間界に帰りなさい」

「……そんなの、違うと思います！」

気がつけば、私は声をあげていた。

「求められてないなんてこと、絶対にないと思います！」

身体の奥のほうからは、熱いものがこみあげてきていた。

「……私、あのお皿に心が震えるほど感動したんです……人生が変わるほどの衝撃を受けたんです……そんな素敵なものが廃れるなんて、どう考えてもおかしいです！」

「いや、おかしいと言うても、現実がだな……」

河童は困惑顔になったが、私はつづける。

「いいものはいいんです！　私、やるって決めたんです！」

「決めたと言うても……」

「がんばって後を継ぎます！」

強い決意をこめて、私は言った。

「このよさを広めるために、がんばります！」

河童はしばし、口をつぐんだ。

やがて、こう口にした。

「……だが、そもそもお主は人間で、わしは河童だ。河童が人間の弟子をとるなどとは聞いたことがない」

「種族のことなんて、どうだっていいじゃないですか！」

それに、と私はつづける。

「前例がないのが何だって言うんですか！　ないなら、作ればいいだけです。違いますかっ!?」

「うむ、まあ……」

「お願いします！　弟子にしてください！」

河童は無言で、右に左に首を振った。

そしてひとつ、ため息をついた。

「……どうなろうと、わしは知らんぞ。それでもいいなら、好きにしなさい」

「えっ⁉　弟子にしてくださるんですか⁉」

それには答えず、河童は言った。

「予備の布団はその押入れの中にある。食事も大したものは出せんからな」

「は、はいっ！」

私は叫んだ。

「ありがとうございます！」


こうして私は河童——もとい師匠のもとに、完全に押しかける形で身を寄せさせてもらうことになった。

率先して、私は掃除に洗濯、食事の準備などに勤しんだ。

「何も、そこまでしてもらわんでもいいのだが……」

師匠の言葉に、私は言う。

「いえ、師匠！　私、弟子ですからっ！」

「ううむ……」

師匠はいつも、何とも言えない顔になった。

私は師匠に頼みこみ、基本的なレベルから陶芸のことも教わりはじめた。

土の練り方、ろくろの扱い方、釉薬の掛け方、窯での焼き方。

小屋のそばには書庫があって、膨大な資料がそろっていた。私はそこに通い詰め、焼物に対する審美眼を磨いたり見識を深めたりした。

器の中に川をこめる——。

それを可能にする方法も、私は師匠に聞いてみた。

「ふつうのものとは、土が違うんですか？　釉薬ですか？　焼き方ですか？」

師匠は、いや、と言った。

「すでにお主も見ての通り、それらは人間のやり方と大差はない。大事なのは、全身に流れる川を、手先を通じて器に注ぎこむということだ。それには、まずは川を身体に染み渡らせねばならない。人間のお主にそれができるのかどうかは、わしには分からん」

「やります！　やってみせます！」

どうすれば、川が身体に染み渡るのか。そのやり方は、自分自身で見つけなければならなかった。

私は時間を見つけては、近くを流れる川で泳いでみるようになった。

川はとても美しく、青く澄み渡っていた。

鮎（あゆ）やハゼ、エビなどと戯（たわむ）れるたび、私は自分の中で何かが満たされていくような感覚になった。そして同時に、都会での慌ただしかった生活は遠い過去のものへと変わっていった。

あるとき、川辺の岩で服を着たまま乾かしているときだった。

こつん、と何かが背中に当たり、「ん？」と私は振り返った。

離れたところに立っていたのは、河童だった。

が、それは師匠じゃなかった。

別の、それも何人もの河童たちが、こちらをじろりとにらんできていた。

「おまえか！　五郎さんのとこに居候（いそうろう）してるっていうやつは！」

明らかに敵意をむき出しにして、ひとりの河童が口にした。

戸惑いながらも、私はうなずく。

「そうですけど……」

すると、河童たちは口々に言った。

「帰れっ！」「帰れっ！」「帰れっ！」

たくさんの石が飛んできて、私はとっさに顔を覆う。

「ちょっと、何するんですか!?」

「うるさいっ！」

ひとりが言う。

「どんな手を使って五郎さんに取り入ったのかは知らないが、ここは人間が来ていいとこなんかじゃないんだぞ!? さっさと帰れっ! さもないと、尻子玉を抜いてやる!」

「尻子玉?」

私はポカンとしてしまう。

「なんですか、それ……」

河童たちは返事をせずに、また言った。

「帰れっ!」「帰れっ!」「帰れっ!」

再び石が飛んできて、私はたまらず逃げだした。

小屋に戻ると師匠がいたが、まだ心臓がバクバクしていて、いま受けた仕打ちのことは言いだせなかった。

その夜、囲炉裏を囲んでキュウリを食べているとき、私は師匠に尋ねてみた。

「あの、師匠、尻子玉っていうのは何ですか……?」

それだけですべてを悟ったようで、師匠は顔を曇らせた。

「あやつらか……」

なんだか気まずくなって黙っていると、師匠は言った。

「尻子玉というのはな、人間の尻の中にある臓器のことだ。それを抜かれた人間は、腑抜けになる」

「えっ⁉」

ぞっとして、冷たいものが背筋を走る。

すると、師匠は、かっぱっぱ、と声をあげた。

「まあ、そんなものはただのハッタリだ。尻子玉なんてものはありはせんから、安心しなさい」

「ほんとですか⁉　うわぁ、よかったーっ！」

心底ホッとしていると、師匠は言った。

「しかし、お主も嫌な思いをしただろう」

「いえ、そんな……」

「河童たちは、みな保守的だからな。だが、これだけは分かってやってくれ。わしら河童は、これまで人間たちに追いやられてきたのだということを。川も池も沼も埋め立てられたり汚されたりして、河童は棲み処を奪われつづけて今に至る。無論、人間たちの中には、お主やあの陶器屋の店主のような者もおる。が、そうではない者たちも、じつに多い。まあ、その点は、わしら河童も似たり寄ったりではあるがな。とにもかくにも、河童の中には人間をよく思わない者がたくさんおるというわけだ」

師匠の言葉は、胸にずしんと響いてきた。

私は思う。

河童だけではない。

鳥や獣、魚や虫……。

自分たち人間のせいで棲み処を追われた者たちは、どれだけたくさんいることだろう。

そんなことは、知識としてはよく分かっているつもりだった。でも、ここまで身近なこととして実感したのは初めてかもしれなかった。

ただ、そうであっても、自分の力じゃどうすることもできやしない……。

私は無力感に苛まれるばかりだった。

修業の日々はつづいていき、季節はあっという間に移り変わった。

器の形をつくる技術は、幸い向上していった。

が、肝心の川をこめることだけは、まったくできるようにはならなかった。

「どうかな、今度はうまくいったかな？」

焼きあがった私のお皿に、師匠はポンとキュウリを置く。

しばらくするとそれを手に取り、ポリッとかじる。

「ふむ、キュウリはうまいが……」

ポリポリと咀嚼しながら、師匠は言う。

「まだまだぬるいな」

未熟なことは自分が一番分かっていても、いざ言われると落ちこんでしまう。

ちゃんと川がこもっているかの、触れるより明快な判断基準。

そのひとつこそ、お皿に置いたキュウリが川で冷やしたようにひんやり冷えることなのだ。

「まあ、一筋縄でいったら苦労はせんよ」

落ちこむ私に、師匠は言った。

「修業あるのみだ」

「……はいっ！」

私の焼いたお皿からは、ときに異臭がしたり、ときに水を入れてもいないのにちょろちょろと水が漏れ出たりした。

そのたびに、師匠は声をかけてくれた。

「川とは器だ。すべてを受け止めてくれるな。お主も身をゆだねるんだ。川という名の大地の器に」

身体に川をなじませるため、晴れていようが雨であろうが、私は川との対話を試みつづけた。

四季折々の川を全身で感じて焼きつけもした。

夏はイトトンボやアオスジアゲハの舞う中で、岩の上からドボンと深みに飛びこんだ。秋は燃えるような紅葉の中、川辺の焚火(たきび)に当たりながら水に潜った。冬は雪の降る中で寒中水泳を敢行し、春は花筏(はないかだ)の中で水をかいた。

歳月は、またたく間に過ぎ去った。

そのあいだも、河童たちからは折に触れては意地悪をされつづけた。

石を投げられたり、持ち物を隠されたり、水中で足を引っ張られたり。

そんな彼らともなんとか距離を縮めたいと、私は根気強く話しかけつづけた。

「ねぇ、みなさんも一緒に泳ぎましょうよ！」

私は彼らに訴える。

「私、修業中なんです！　どうやったら川を身体に染み渡らせることができるのか、コツを教えてくださいよぉーっ！」

河童たちは戸惑いの表情を浮かべつつも、口々に言った。

「……人間は帰れっ！」

そんなある日のことだった。

いつものように川辺にやってきたときだ。

私は一瞬にして血の気が引いた。

川の中でバタバタともがいている小さな河童を見つけたのだ。

大変だ！　溺(おぼ)れてる！

そう思ったときには、川に飛びこんでいた。

河童はどんどん流されていく。

私はそれを必死で追う。

不思議なことに、いま河童がどこにいるのか、目で見ずともなぜだか分かった。

斜めに泳いでいっているのに、まるで流れに乗っているかのように速く泳げた。

河童のもとまでたどりつくと、すぐに抱きかかえて岸にあがった。

小さな河童は水を飲みこんでパニックを起こしていたけれど、しばらくすると、なんとか落ち着きを取り戻した。

大丈夫？

そう尋ねようとしたときだ。

いきなり声が飛んできた。

「うちの子供に何してる！」

振り返ると、いつもの河童たちがそこにいて、そのうちのひとりがものすごい剣幕で食ってかかってきた。

「この河童さらいめ！　子供をどこに連れてく気だ！」

それを機に、ほかの河童もわめきはじめる。

「油断も隙もあったもんじゃない！」

「これだから人間は！」

「おい人間！　無事に帰れると思うなよ！」

違うんです——。

そう弁解するより先に、そばにいた子供の河童が口を開いた。

「父ちゃん！　違うんだ！」

子供は叫ぶ。

「悪いのはこの人じゃない！　ぼくなんだ！」

「おい、人間に毒されたのか⁉　何をされた⁉」

「違うんだって！　この人は溺れてるところを助けてくれたんだよ！　ぼく、父ちゃんに行くなって言われてた深いところで遊んでて、足がつって、気づいたら流されてて……だから、この人は命の恩人だよ！」

親の河童はしばらく黙り、口を開いた。

「おい人間……本当なのか？」

「本当です！」

すかさず言うと、親の河童はまた黙った。

やがて、彼は自分の子供に向かって言った。

「いつまで人間のそばにいるつもりだ！　早くこっちに来なさい！」

子供はこちらをチラチラ見つつも、親の元へと戻っていった。

「こんな程度で、いい気になるなよ！　おまえは恩人でも何でもないからな！」

口ではそう言い、河童たちはそそくさと去っていった。

しかし、そんなことがあってから、彼らの私への態度は明らかに変わりはじめた。

最初に心を開いてくれたのは、助けた子供の河童だった。

「お姉ちゃん、一緒に遊ぼ！」

うれしくて、私は思わず笑みがこぼれる。

「うん、遊ぼう遊ぼう！」

それにつれて、大人の河童たちも、ひとり、またひとりと私に近づいてきてくれるようになっていった。

「おい、人間、おまえはこいつを飲んだことはあるか？」

あるとき、あの親の河童がやってきて、私に徳利を差しだした。

「なんですか、それ」

「おれたちがつくった酒だ。まあ、どうせおまえによさは分からないだろうがな。仕方がないから、やらなくもない」

私は受け取ったものを徳利のまま、ぐいっと飲んだ。よく冷えた極上の日本酒だった。

「おいしい！」

「なかなかいい飲みっぷりだな……いや、そんなことより、これは別におまえに感謝を伝えるために持ってきたわけじゃないからな！　絶対に勘違いするなよ！」

「はいはい、分かってますよぉー」

なんだかんだ言いながら、私たちが川で一緒に過ごす時間はどんどん増えた。

泳ぎで競争してみたり、川辺で焚火を囲んだり、キュウリをポリポリかじったり。

河童たちは私のところにやってくると、こんな軽口を叩くのが常だった。

「なんだ、まだあきらめてなかったのか。そろそろ泣きごとを言って帰っちまった頃かと思ってたぞ」

「残念でしたー、人間はしぶといんですぅー」

っていうか、と私はつづける。

「そんなことばっかり言ってると、尻子玉、抜いちゃいますよぉー」

河童たちは目を丸くして、ひぃっと言ってお尻を押さえる。

「みなさん、なにやってるんですか。冗談に決まってるでしょ！」

「……なるほど、こいつは一本取られちまった！　かっぱっぱ！」

その頃から、私の陶芸修業のほうにも目に見えて成果が出はじめた。

あるとき、できたお皿にキュウリを置いていると、やってきた師匠がポリッとかじった。

「ほぉ」

ポリポリと頬張りながら、師匠は言った。

「よく冷えておって、じつにうまい」

「ありがとうございます！」

子供の河童を助けたことは、師匠には伝えていなかった。

でも、きっと自然と耳に入っていたのだろう、意味ありげにこう言った。

「何か、きっかけでもあったようだな」

「はいっ！」

実際のところ、私は河童を助けたあの日から、川と一体化したような不思議な感覚にとらわれていた。

全身に絶えず川がめぐっていて、耳を澄ませばせせらぎが聞こえてきそうな感じになっていた。

私はその感覚を、手先を通じて自分のお皿に流しこんだ。

すると、お皿はとたんに大地を受け止める器となって、力強く脈打ちはじめる――。

「もう教えることは何もない」

師匠からそう告げられたのは、ある日のことだ。

「これからは独り立ちして、自分の道を歩みなさい」

私は一瞬ポカンとしたが、すぐにこう返事をした。

「はいっ！　師匠の名に恥じないように、がんばります！」

小屋の扉がとつぜん開いたのは、そのときだった。

ぞろぞろと入ってきたのは、河童たちだ。

「五郎さん、まだですか？　準備はバッチリできてますけど」

「そうかそうか、待たせてすまんな」

師匠は私のほうを向く。

「では、お主の皿を持てるだけ持ってこちらにきなさい。これより、最終試験を執り行うこととする」

師匠はニヤリと笑みを浮かべた。

川辺には、ごちそうが並べられていた。

焼き魚に山菜、木の実にキノコ。

もちろん、大量のキュウリもそこにある。

河童たちは私のお皿を並べると、キュウリをどんどん放りこんだ。

しばらくすると、そこかしこで声があがる。

「よく冷えてるなぁっ！」

「うまいっ！」

「これなら、及第点をやってもいいなっ！」

「いや、及第点どころか、もう五郎さんを超えたんじゃないか!?」

「それは言いすぎだ！」

「かっぱっぱ！」

私も河童特製のお酒を飲みながら、冷えたキュウリをポリポリかじる。

すっかり満腹になった頃、師匠が前に進みでた。

「お主はこれからひとりでやっていくことになる。しかし、だ。これからも、わしら河童はずっとお主のそばにおる。この場所にも、いつでも気軽に遊びに来なさい」

河童たちがそれにつづいた。

「おい人間！　仕事で手を抜いたりするなよ！」

「もしも怠けやがったら、尻子玉を抜いてやるっ！」

私は涙をこらえて、みんなに言った。

「がんばりますっ！」

そして、深く頭を下げた。

「みなさん、これまで本当にお世話になりました！」

その翌朝、みんなに大きく手を振りながら、私は山を下っていった。

そうして私は自分の窯を構えるべく、自身に合ったここぞという川を探すための旅に出た。

訪れたのは日本の各地だけではない。

奥入瀬、黒部、熊野、四万十。

四大文明の起源となった、ナイル川に黄河。アマゾン川にミシシッピ川。

私はその土地土地で、それぞれの川をこめたお皿を焼きつつ、旅をつづけている最中だ。

お皿をつくればつくるほど、師匠の背中はまだまだ遠いと痛感する。

でも、こんな自分だからこそ、できることがあるんじゃないかとも思っている。

いろんな人に使ってもらう。

使って、よさを知ってもらう。

まずは、そういうところから試行錯誤をはじめてみている。

ただひとつ、困惑していることもある。

私のお皿を買っていってくれた人から、ときどき妙な話を聞かされるのだ。

キュウリを盛ると、いつの間にか数が少なくなっている——。

そんなことがあるのだという。

思い当たることはひとつだけだと、私は苦笑してしまう。

仕事を怠けていないかどうか。

それをちゃんと見届けるため、河童たちがどうにかこうにか私がお皿にこめた川までやってきて、キュウリの冷え具合をかじってたしかめているに違いない。

いや、そんな解釈は甘いかな、と、私はこうも考える。

河童たちは、ただキュウリを盗み食いしにきてるだけかもしれないぞ。

かっぱっぱ、という笑い声もよみがえり、そっちのほうが、がぜん正解なように感じはじめる。

もしもそうなら――。

私は心の中で、こう誓う。

今度会ったら、片っ端から尻子玉を抜いてやる。

Episode 5

砂をまく

おはよう、と、ぼくはアサミに声をかける。

アサミも、おはよう、とぼくに微笑み返してくれる。

今日も相変わらずきれいだね。

ふふ、うれしい。ありがとう。

それじゃあ、仕事に行ってくるよ。

うん、いってらっしゃい。がんばってね。

ぼくは壁のポスターに手を振ると、ひとり暮らしの家を出る——。

姫川アサミは、ぼくが長年応援しているアイドルだ。

アサミは五人組のアイドルグループ「みゅんみゅん☆ワールド」のリーダーで、不動のエースとして活躍している。

切れ味鋭いダンス。

抜群の歌唱力。

そして何より、全人類が癒されずにはいられない天使のスマイル。

ぼくはアサミの一番の応援者であり理解者だ。

ライブはもちろん、トークイベントや握手会などがあると、どこにだって駆けつける。

狭い部屋にはグッズはもちろん、握手券付きのCDなんかがたくさんあって、寝る場所くらいしかスペースはない。軍資金を貯めるために食事はインスタントばかりだし、イベントで地方に行くときには格安の夜行バスを使っている。

でも、それらを苦に感じたことなど一度もない。むしろ、アサミのためだと思うだけで、この上ない幸せを感じている。

アサミには、もっともっと大きな舞台で活躍してもらいたい。

そのためにできることは、何だってやる！

近頃の「みゅんみゅん☆ワールド」は、ぼくの応援が実を結んでメディアでも取り上げられるようになってきて、SNSで話題になることもぐんと増えた。

――みゅんみゅん☆ワールド、ええわぁ～

――ってかさ、姫川アサミ、かわいくね？

――アサミン命♪

ようやく世間がアサミに気づきはじめたと、ぼくは自分のことのように誇らしくなる。

そんな中、最近のアサミはグループでの活動に加えて、女優業にも挑戦しはじめていた。

少しずつドラマに出るようになり、そのことも認知度の向上につながった。

アサミは絶対、自分が日本一にしてみせる。

ぼくは、そう強く決意している。

そんなある日、ＳＮＳをチェックしていると、アサミがこんなことをつぶやいていた。

――今夜、重大発表しまーす！　あー、早く言いたいっ！

ぼくの心はとたんに弾んだ。

重大発表！

同じような投稿は、これまでにも何度かあった。

メジャーデビューが決まったとき。

武道館（ぶどうかん）ライブが決まったとき。

初のドラマ出演が決まったとき。

そのたびに、ぼくは興奮でどうにかなりそうだった。

重大発表……アサミがそう言うからには、今夜もすごいことが待っているに違いない！

どんなことだろうかと想像はどんどん膨らんでいき、一日中、ぼくは仕事がまったく手につかなかった。

夜になって家に帰るとＳＮＳに張りついて、アサミの発表を今か今かと待ちわびた。

そして、20時になった瞬間に、アサミのSNSが更新された。

投稿されたのは、こんなつぶやきだった。

——☆情報解禁☆　このたび、ドラマ「JKドクター・鬼崎麻衣（きざきまい）」に出演することが決まりました！

つづいて、アサミは自分が演じる役の名前を書いていた。

それを見て、ぼくは思わず「えっ？」と声が出てしまった。

これって、何かの間違いだよね……？

ぼくは急いでドラマの公式サイトを見に行った。が、そこにはたしかに、アサミは主人公・鬼崎麻衣の親友役だと記されていた。

えっ？　ぜんぜん意味が分からないんですけど……。

ぼくはしばらくのあいだ放心状態になった。

主人公の親友役？　主人公じゃなくて？

ぼくは何度も何度も公式サイトを確認した。

しかし、いくら見直してもアサミは親友役であり、主人公などではなかった。

ぼくの中で、ふつふつと湧きあがるものがあった。

それは怒りの感情だった。

これが重大発表だって？　別にこんなの、これまでの仕事と変わらないじゃん！

ありえない！

怒りはどんどん膨れあがり、もはや我慢の限界だった。

ぼくはアサミのＳＮＳにリプライを送った。

――なにそれ脇役じゃん、がっかりです
それにつづいて、多くのファン仲間がフォローしてくれている自分のアカウントでもつぶやいた。

――いやいやいやいや。これが重大発表て……いつからこんなに意識が低くなっちゃったの。。。

ぼくは怒りをこめて、スマホを投げた。

心底、腹が立っていた。

アサミは、もっと上昇志向が強い子だと思っていた。自ら高いレベルを設定して、自分を追いこんで夢をつかむ。そんな子だと、信じていた。

それなのに、現状維持の仕事のことを、さも一大事のようにぼくに報告してくるだなんて。

あまりにひどい。

ぼくに対する裏切りだ！

スマホがピコンと鳴ったのは、そのときだった。

それを境に、ピコン、ピコンと通知音が鳴りはじめた。

うるさいな！

むしゃくしゃしながら、スマホを覗いた。

すると、ＳＮＳのアプリから何件か通知が来ていた。

届いていたのは、こんなフォロワーからのリプライだった。

——アサミンのファンとして悲しいです。発言、撤回してください。

戸惑いながらも、ぼくはほかのリプライも読んでいく。

——ファン仲間のフォロワーが多い中で、この発言はどうなんですかね。。。

——なんで素直に応援できないんですか？

——何様だよ
リプライはどんどん押し寄せてきた。どれも、ぼくのつぶやきへの批判だった。

間違ったことなんか言ってないのに、なんでだよ！

ぼくはすぐに投稿した。

——先ほどの投稿の補足。あれはアサミのためを思っての、あえての発言です。内容があまりに低レベルだったので。激励ってやつですね。

しかし、それへのリプライも次々に来た。

――出ました「～のためを思って」Ｔａｋｕさんって、なんかいっつも上からですよね……。

――前から思ってましたけど、低レベルなのはどっちだよｗｗｗ

最初はムカついていただけだったが、止まらぬ批判に、ぼくはなんだか次第に恐怖を感じはじめた。

えっ？　えっ？　これって炎上……？

「やめろ！」

半ば（なか）パニックに陥って、ぼくは叫んだ。

「やめろ！　やめろやめろやめろやめろやめろ！」

声が聞こえたのは、そのときだった。

「あんた、困っておるようだな」

振り返ると、いつの間にか、和服姿の長髪の老婆（ろうば）が立っていた。

ぼくは「うわ！」と飛びあがり、思わずスマホを床に落とした。

「お、おまえ誰だよ!?　どこから入った!?」

距離を取りつつ、老婆に言う。

「ここは、ぼくん家だぞ!?」

　すると、老婆は笑った。

「そんなことより、そっちをどうにかしたほうがいいんじゃないかい？」

　老婆は床のスマホを指さした。

　それは、ピコンピコンと鳴りつづけている。

「う、うるさい！　黙れ！　おまえには関係ないだろ!?」

　ぼくは老婆に命令した。

「早く出ていけ！　通報するぞ!?」

　しかし、老婆は落ち着いた口調でこう言った。

「いいのかい？　せっかく、それを何とかしてやろうというのに」

「えっ？」

　老婆の言葉が引っかかり、ぼくは言った。

「〝それ〟って、炎上のことか!?　ど、どういうことだ!?　説明しろ！」

「わたしが、その火を消してやろうと言っておるんだ。どうする？」

「はあ？　消す？」

　こいつは頭がおかしいのか？

そんなことができるわけがない。

ぼくは叫んだ。

「ほぉ！　やれるもんなら、やってみろよ！」

「ほいほい」

その次の瞬間だった。

老婆は和服のそでに手をつっこんで、何かをにぎって取りだした。かと思ったら、手の中のものをいきなりスマホに向かって投げつけた。

ザザァッと、何かが当たるような音がする。

直後、鳴りつづけていた通知音はピタリとやんだ。

「ほれ、消してやったぞ」

ぼくは慌ててスマホに駆け寄り、たしかめた。

老婆の言う通りだった。

しばらく待っても、もう変なリプライは届かなかった。

内心でホッとしつつも、ぼくは老婆を問いただした。

「おまえ、なにをしたんだ⁉」

「見ての通り、ちょいと砂をかけただけさ」

「砂……？」

「わたしゃ、砂かけばばあでね。ほれ、砂をかけると火が消えるだろう？　そういうことさ」

砂かけばばあ……？

とたんに、ぼくは青くなった。

それって、妖怪の名前じゃないか……！

「よ、妖怪が、なんでぼくのところに来た！」

「理由なんてありはしないさ。それともあんた、わたしが来て迷惑だったかい？」

ニヤリと笑う砂かけばばあに、ぼくは何も言えずに口を閉ざした。

やがて、ぼくは言った。

「じゃあ、本当におまえは砂かけばばあで、砂を使って炎上を消したっていうんだな……？」

「さっきから、そう言っておるだろうに。それにな、もしあんたが望むのならば、これからだってあんたのそばで火を消してやってもええんだぞ」

「これからも……？」

砂かけばばあはうなずいた。

「おまえたち人間の世界では、その炎上というのは、しょっちゅう起こるものなんだろう？まあ、あんたの場合、火の程度はたかが知れておるがな。いずれにしても、わたしがいれば火が燃え広がることはない。安心だろう？」

ぼくは再び無言になった。

先ほどの恐怖がよみがえる。

ぼくは間違ったことなんか言ってない。間違ってるのは、あいつらだ。それなのに、世間は急に牙をむいてきやがった！

ぼくは、これからも断固として正しい主張をしていかなければならない。でも、もしもまた、あんなふうに批判されたら……。

砂かけばばあは口を開いた。

「なに、見返りなんかはいらないよ」

それが決定打となって、ぼくは言った。

「……よし、ぼくを守ることを許可する。その代わり、絶対に手は抜くなよ？」

「ほいほい、分かったよ。必要になれば、いつでもわたしを呼んでおくれ」

砂かけばばあはそう言って、壁に向かって歩きはじめた。

ぼくが、あっ、と思ったときには、砂かけばばあは壁をすり抜けて去っていた。

その日から、ぼくは決意を新たにした。

アサミを応援するために、心を鬼にするぞ、と。

これまでのぼくは、あまりにアサミを甘やかしすぎていた。そのぼくの言動がアサミの堕落を招いてしまい、成長のチャンスをつぶすことになっていた。

一番の応援者であり理解者のぼくが厳しくしないで、いったい誰が厳しくしてやれるというのか――。

ぼくはさっそく、ＳＮＳに投稿した。

――【決意表明】アサミのために今後は厳しくいきますので、悪しからず。

アサミの「おはよー」という投稿にも、リプライをした。

――オレ、今度から厳しめでいくけどさ、あえてだからね☆

どんな反応が返ってくるか、ドキドキした。

しかし、それらには特に誰からも反応がなかった。

なんだ、無駄に構えて損したな。

まあ、いいや。

ぼくは自分を貫いて、どんどん投稿していくぞ。

次に炎上したのは、ライブのあとにこんな投稿をしたときだった。

——最近のアサミの声、なんか胸にこないよね。劣化したっていうか。練習、サボってんのかなー。

すると、こんな反応が返ってきた。

——この頃いろいろスルーしてきましたけど、これは見過ごせません。劣化って、ひどくないですか？

——応援してるんですよね？ その言い方はないと思います。

——アサミンに謝れ！

次々と押し寄せる批判の声に、ぼくはたまらず声をあげた。

「にわかファンが騒ぎやがって！ おい！ 砂かけばばあ！ 出番だぞ！」

すると、陰からすぅっと砂かけばばあが現れる。

「呼んだかい？」

「これを消せ！」

「ほいほい」

砂かけばばあは、スマホに向かって砂をザァッと投げつける。

とたんに批判のリプライはやむ。来るのは賛同の声だけだ。

――厳しい姿勢、いいと思います！

――Ｔａｋｕさんの視点、勉強になります！

――私も劣化したなって思ってました。

ぼくはそれに満足する。

ほらね、正しいのはぼくなんだ！

ＳＮＳでの発信の姿勢を変えてからというもの、離れていく昔からのフォロワーは少なくなかった。中には、ぼくのフォローを外すだけではなく、ブロックしてくるようなやつもいた。

が、ぼくはたいして気にしなかった。

そんなやつに価値はないし、それ以上に新たなフォロワーも確実に増えていっていたからだ。

――厳しいことを言うって、勇気がいることですよね！

――Ｔａｋｕさんの発信には愛を感じます！

――アサミンにも届いてほしい！

肯定され、ぼくは大いに自信をつける。

そうだよな、言うべきことはちゃんと言わないといけないよな。

ほどなくして、ぼくはまた炎上する。こんな投稿をしたときだ。

――この際だからハッキリ言うけど、アサミって、芸能界ではいろんな意味で中の下あたりだよね。

それは、本人の奮起を促そうと思っての発言だった。

もちろん、本当は中の下どころか上の上、ぼくはアサミが世界で一番だと思っている。

でも、世の中にはそう思わないやつらがいる。だから、あぐらをかいてほしくない。もっとがんばって実力をつけて、おかしなやつらを黙らせてほしい。

そう願ってのことだった。

が、スマホの通知は次々と鳴った。

――ずっとファン仲間だと思ってましたが、失望しました。

――アサミンを侮辱しないでくれますか？

――下の下のやつが、なに騒いでんだｗｗｗ

ぼくはすぐ、砂かけばばあに命令する。

スマホに砂が投げつけられる。

燃え上がった言葉の炎は消火され、賛成するリプライだけが届くようになる。

そんなことを繰り返す中で、ぼくの心境は変化してきた。

自分がどんな意図で発信するかということよりも、それに対する世間の反応のほうにだんだん興味が移ってきたのだ。

プラスの反応が返ってくると、もちろんうれしい。

しかし、そうではない反応が返ってきても、自分が世間をかき回しているようで気持ちがよかった。

ぼくは炎上しても、マイナスの反応を存分に楽しんでから、砂かけばばあを呼ぶようになる。

「おい、ばばあ！　もういい！　そろそろ消せ！」

「ほいほい」

ザザァッとスマホに砂がかけられ、言葉の炎は消火される。

心置きなく、またＳＮＳへの投稿を楽しむ。

そのうち、発信の真の意図など、もはやどうでもよくなってきた。

ぼくはただただ、世間を煽るような投稿をする。

――アサミのＭＣがクズすぎる件。。。

――もうエースの資格なんかないってば。。。

――引退をオススメします。。。

アサミ自身のSNSへも、同じようなリプライを返しつづけた。

が、あるとき、ぼくはアサミにブロックされた。アサミの投稿は見られなくなり、リプライもいっさい送れなくなった。

ぼくは当然、激怒した。

は？　意味が分からないんですけど。

ぼくは抗議をするために、ライブ会場に押しかけた。

しかし、その入口でスタッフに捕まった。

「Ｔａｋｕさんですね？　すみませんが、今後は出入り禁止とさせていただきます」

ぼくは声を荒げて抵抗した。が、スタッフは通してくれず、帰らざるを得なかった。

むしゃくしゃは収まらず、ぼくは道行く人たちにわざとぶつかりながら歩いた。

その中のガラの悪いやつに絡まれて、「待てよ！」と腕をつかまれる。

「おい、ばばあ！　こいつに砂をかけてやれ！」

砂かけばばあが現れて、目の前のやつにザザァッ、ザザァッと砂をかける。怒りの炎は消火され、ポカンとしているそいつのそばを抜けていく。

その日以来、ぼくのアサミへの気持ちは一変した。

ぼくを出禁にするなんて、何様だ？

アサミは落ちるところまで落ちてしまった。

応援するのはバカバカしい。あんなやつは見捨ててしまって、もっと意味のあることに時間とお金を費やそう。

ぼくはアサミのファンをやめることを決意した。

いざそう決めると、それまでの自分の視野が、いかに狭かったかを実感した。

あの子、けっこういい感じだな。

いや、あっちもなかなか悪くない。

ぼくは、いろんなアイドルをリサーチするようになる。

しかし、いつも決まって目につくのは、彼女たちの甘さだった。

ぼくは大いに憤慨する。

——最近のアイドルについて。

そんな文脈で、ＳＮＳで意見を述べる。

——どいつもこいつも、クオリティーが低すぎる。。。

そして、名指しで投稿をする。

——こいつは、売れる気持ちがぜんぜん感じられない。０点。

——業界では生き残れないだろーなー。さようならー。

そのたびに、そのアイドルのファン連中や、ときには本人までも、こぞってぼくに反論してきた。

——おまえ誰だよｗｗｗ

——匿名(とくめい)アカウントで卑怯(ひきょう)ですね。

——本人です。誹謗(ひぼう)中傷はやめてください。

ひとしきり燃え広がったところで、ぼくは砂かけばばあに声をかける。

「おい、ばばあ！」

「ほいほい」

ザザァッと大量の砂がスマホにまかれる。

が、批判の通知はなおもやまない。

「おい、まだ消えてないじゃねーかよ！　もっとかけろよ！」

「ほいほい」

ザザァッ、ザザァッと、どんどん砂がかけられる。

大量の砂があたりに散らばる。

そこまでやって、炎上はようやく収束を見せる。

「ばばあ！　仕事がぬるいんじゃないのか⁉」

「ほほ、そんなことはない」

「ちゃんとやれ！」

「ほいほい」

ぼくのことを遠ざける愚かなやつらは、相変わらずたくさんいた。

しかし、支持するやつらも、まだまだ増える。

――Ｔａｋｕさんの姿勢、シビれます！

――今のアイドルって、みんな素人レベルですよね。。。

――全面同意。なんで、あれで調子に乗れるんですかねぇ。

ぼくはどんどん投稿する。

炎上しては、頼みの綱に声をかける。

「おい、ばばあ！　早く消せ！」

砂かけばばあは、砂をまく。

何度も何度もまきつづける。

「おいおい！　ぜんぜん消えてないじゃねーか！　手を抜くな！」

「ほいほい」

ザザァッ、ザザァッと砂がまかれる。

部屋は大量の砂であふれかえる。

いつしか、ぼくも砂に埋もれはじめる。

が、そんなことはお構いなしに、どんどん煽る。

――こいつら、歌唱力ゼロ。。。

――はい、研修生から出直してきて。

――このクオリティーで金とんの？

スマホからはメラメラと激しい炎が立ちのぼる。

「ばばあ！」

砂かけばばあは、砂をまく。

それでも炎は弱まらない。

「さっさと消せよ！」

砂は果てることなくまかれつづける。

「もっとまけ！　早く消せ！」

まいてまいて、まかれつづける――。

その男が発見されたのは、近ごろ姿を見ないと大家が不審に思ったことがきっかけだった。

大家が部屋の鍵を開けたとき、男は床に倒れていた。

警察がすぐにやってくるも、すでにこと切れていることが確認された。

検視によると、死因は窒息(ちっそく)とのことだった。

しかし、関係者たちは首を傾(かし)げた。

このごく普通の何もない部屋の中で、なぜこんなものが喉に詰まっていたのだろうか——。

真相は明らかにならぬまま、男は変死体として処理された。

男の口からは大量の砂が出てきたことが、捜査資料には記されている。

かまちゃん

しとしとと雨の降る夜だった。

バイトの帰り、駅からアパートまでの道を歩いていると、街灯の下に何かが転がっているのが目に入った。

ゴミかな？

そんなことをぼんやり考えながら通り過ぎようとして、おれは不意に足を止めた。

転がっていたのは小さな生き物だったからだ。

それは雨に濡れて毛がベタッとなっていたが、全身が黄金色に包まれていた。

子猫だろうか？

おれはそちらに近づいた。

いや、キツネ……？

しかし、決定的にそれらと違っているところがあった。

両方の前足の先に鎌のようなものがついていたのだ。

なんだろう……変な生き物だな……。

首を傾げながらも、おれはそいつをじっと見つめた。

ぐったり横たわって動かないので、すでに命を落としているのかな、と思った。

かわいそうに……。

心の中でそうつぶやいて、その場をあとにしようとした。

そのときだった。

そいつが、かすかに動いたような感じがした。

おれはしゃがんで、顔をさらに近づけた。

すると、見間違いなどではないことが分かった。

やはり、それはかすかに呼吸をしていた。

こいつ、まだ息がある……！

助けないと！

上着を脱ぐと、おれは丁寧にそいつをくるんだ。

得体の知れない生き物だから、病原菌や寄生虫を持っている可能性も多分にあった。が、考えるより先に、身体が動いていた。

おれは胸に抱きかかえると、雨の中を走りはじめた。

家につくと、すぐにタオルで水気を拭いた。

「ダメだ……ドライヤーだ！」

おれは温風（おんぷう）を当てながら、そいつの毛を乾かした。その途中で鎌に触れ、手が切れた。血がにじんだが、そんなことよりこいつの処置のほうが優先だと気にせずつづけた。

水気が取れると、次によぎったのは食べ物のことだった。

何か食べさせてやらないと……。

そう思ったが、何を食べるのかが分からなかった。

ふと、前に見た、保護した子猫を世話する映像が頭に浮かぶ。

こんなときはミルクなのか……？

近所にあるペットショップのことを思いだし、急いで向かった。なんとなく店員を頼るのははばかられ、子猫用のミルクだけを買ってくる。

しまった！　ミルクを注入する注射器みたいなアレを忘れた！

どうしようと焦ったが、引き出しをひっくり返すと細いストローが見つかった。おれはその片側をミルクに浸し、もう片側を親指でふさいでミルクをとどめる。そして口元に持っていき、半ば強引に少しずつ飲ませる。

「とりあえず、これで様子を見るか……」

おれは引きつづき温めてやりながら、ミルクを与えた。

翌日は、バイトを休んで一日じゅう世話をした。

放っておくことができなかったのだ。

その甲斐があってのことなのか、もともと持っていた回復力ゆえなのか――その日の夜には、そいつは自分でよたよたとミルクの皿へと歩いて行って、自力でそれを飲めるまでに回復していた。

その頃になると、おれはそいつにますます心を奪われていた。

キュウキュウと鳴くか細い声に、胸がきゅんとしたのだった。

「かわいいなぁ……早く元気になれよぉ」

おれのアパートでは、ペットを飼ってはいけない決まりになっていた。一階に住む管理人のおばさんが極度の動物嫌いだからだ。

以前、こっそり猫を飼っていたお隣さんがたまたま見つかり、管理人が激怒していたことがあった。

「猫を捨てるか、あなたが出てくか、今すぐ決めてっ！」

ドア越しに、管理人がそうヒステリックに叫ぶ声が聞こえてきた。

結局、お隣さんは引っ越していったのだが、管理人はほかの部屋のおれたちにまで疑いの目を向け、一室ごとにペットがいないか点検して回ったものだからたまらなかった。

こんな偏屈おばさんの管理するアパートになんて、いたくない……。

内心ではそう思ったが、フリーターの身では安い家賃の魅力にあらがえなかった。

そんなことがあったので、どう間違ったってペットなんか飼うまいと決めていた。

にもかかわらず、おれはこの保護した生き物の世話をこっそりつづけることを選んだ。

キュウキュウと鳴いてすり寄ってきたり、頼りなさげにミルクを飲んだりする姿に、愛情が芽生えてしまったからだ。

この子のことは、おれが守ってあげるんだ——。

飼うと決めたら、名前を考えないと。

そう思い、少し考えてから口にした。

「鎌があるから……うん、かまちゃんだ！」

かまちゃんは分かったというように、キュウと応じた。

かまちゃんと暮らしはじめると、おれは改めて肝心のことが気になってきた。

いったい、この子は何という生き物なのか……。

写真をSNSに投稿してみたのは、ある日のことだ。

——こんな生き物を保護したんですが、どなたか名前が分かる方はいませんか？

投稿は予想外に拡散していき、たくさんのコメントが返ってきた。

——絶対ウソじゃんｗｗｗ

——ネタですか？

——合成うまいなぁ。

大半はそんな具合だったのだが、その中にこんなコメントが混ざっていた。

——リアルかまいたちｗｗｗ

「そういうことか！」

おれは声をあげていた。

かまいたちという名前は聞いたことがある。

すぐにＷＥＢで検索すると、たくさんのサイトが現れた。

かまいたちは旋風（せんぷう）に乗って現れる妖怪で、鎌のような前足で周囲のものを切り裂くのだという。

イラストもたくさんヒットして、おれはこう確信する。

なるほど、かまちゃんは、かまいたちの子供なんだな——。

「おまえは妖怪だったのか」

かまちゃんは肯定するように、くりくりの目で見つめてきた。

妖怪らしいと分かっても、その愛くるしい姿もあって、怖いという気持ちはまったくなかった。

それに、妖怪であろうがなんであろうが、ひとつの小さな命であることには変わりない――。

すっかり元気になると、かまちゃんは部屋の中で活発に動き回るようになった。

よくやったのが、円を描くようにぐるぐると同じところを走り回る動きだった。

最初は、自分の尻尾を追いかけて遊んでいるのかなと思っていた。

しかし、そうではないことが、やがて分かる。

あるとき、いつものようにぐるぐると走りはじめたかまちゃんは、なんだか様子が違っていた。回る速度がいつも以上に加速していっているように思えたのだ。

スピードはどんどん増していき、残像で黄金色の円ができる。

その直後のことだった。

かまちゃんの描く円がびゅうっと上に伸びあがり、一陣のつむじ風が巻き起こった。

その黄金色の細い渦は、周囲のものを巻きこみながら部屋の中を動き回った。

やがてピタッと風がやむと、かまちゃんが床に、とん、と着地した。

「ずっと、風を起こそうとしてたのか」

おれはかまちゃんに話しかけた。

「そりゃそうだよな……かまいたちだもんなぁ」

あたりには、つむじ風に巻きこまれた紙が散乱していた。

それらはズタズタに切り裂かれていて、おれは苦笑いをする。

「でも、ほどほどにしておいてくれよ……？」

おれの言葉は無視をして、かまちゃんはぷいっとソファーの下へと隠れてしまった。

その日を境に、かまちゃんは切り裂くことに目覚めたらしく、つむじ風を起こしていないときも鎌を使ってなんでも切りたがるようになった。

ほどなくして、ソファーも、カーテンも、部屋干しの服も、もれなくズタズタにされてしまった。

これにはさすがに閉口し、何かいい手はないかと思案した。

そんなとき、家にダンボールの荷物が届いた。

おれは苦し紛れにこう言った。

「かまちゃん、開けるのを手伝ってよ」

きょとんとしているかまちゃんを抱っこして、おれはその前足をダンボールのもとへと導いてみる。そして鎌をガムテープのところに当て、一緒になって手前に引いて封を開けた。

「よしよし、よくできたぞ！」

ダンボールはきれいに開いて、おれは頭をぐしゃぐしゃと撫(な)でてやった。かまちゃんは、うれしそうにキュウキュウと鳴いた。

その作業はよほど楽しかったと見え、以来、かまちゃんは荷物が届くとすぐに近づき、進んで開封してくれるようになった。そのうち、チャイムが鳴るだけでキュウキュウと興奮の声をあげ、せわし気にあたりをうろつくようになり、おれは微笑(ほほえ)みを禁じえなかった。

ただ、荷物というのは、そう頻繁(ひんぱん)には届いてくれない。

そこでおれは、かまちゃんのために近所のスーパーからダンボールをもらってくるようになった。そしてガムテープで封をして、好きに切り裂けるようにしてやった。

かまちゃんは大喜びで、ひとつひとつを丁寧に開けていった。

すべてのダンボールの封を開けると、かまちゃんはほかにないかとキュウキュウ鳴いた。

おれは再びガムテープで封をしてやり、かまちゃんはそれを丁寧に開けていく。

気をそらせるための、いい遊びを思いついたな。

おれも大いに満足した。

ところが、それとこれとは別だとばかりに、かまちゃんは相変わらず部屋のものをズタズタにする遊びもやめなかった。

あるときは、枕が裂かれて中の綿が飛びだしていた。

　またあるときは、米の袋が切り裂かれ、床一面が米粒だらけになっていた。

「こらっ、かまちゃん！」

　最初のほうこそ叱っていたが、おれは途中であきらめた。

　どうせ知らん顔で逃げていって、まったく効果は望めない。それに、そんなところも含めて愛くるしいなと思うようにもなっていった。

　かまちゃんと暮らすようになってから、どういうわけか、おれの身体にはある変化も表れていた。

　体重が少しずつ減ってきたのだ。

　しかし、その原因が謎だった。運動をはじめたわけでも、摂生(せっせい)をしたわけでもなかったからだ。

　まさか、病気だろうか……。

　そんなことも頭をよぎりはじめた、ある日のこと。

　食事中に、かまちゃんが妙な動きをしていることに気がついた。

　おれが白米を食べたり酒を飲んだりしているときにだけ、こちらに向かって鎌をサクッと動かすのだ。

　もしかして、と、おれは思う。

かまちゃんが糖質をカットしてくれてるのか……?

そんなバカな、とも考えた。

でも、妖怪であるかまちゃんなら、あるいは……?

おれは実験をしてみることにした。

糖質ゼロの酒とそうでないものを買ってきて、かまちゃんの前で飲んでみたのだ。するとと、糖質ゼロのもののときは、かまちゃんは何もしなかった。が、そうでないもののときには鎌をサクッと動かした。

それを見て、おれは自分の考えの正しさを確信した。

「おまえ、おれの健康のことを考えてくれてたのか……」

でも、と笑う。

「糖質カットなんて技、どこでどうやって覚えたんだよ」

いずれにしても、愛着がますます深まったのは言うまでもない。

かまちゃんは少しずつ大きくなった。それにつれて作りだすつむじ風も大きくなり、最初は細い棒のような太さだったものが、いまや木の幹ほどのサイズになっていた。渦の強さも増していき、かまちゃんがつむじ風を起こすと部屋じゅうのものが巻きあがり、びゅうっと四方に散り落ちた。

あんなに弱り切っていた子が、こんなにたくましくなるなんて……。

そう思ってうれしくなる反面、おれは複雑な気持ちにもなった。

つむじ風は、このままいくときっとそのうち部屋には収まりきらなくなるだろう。かまちゃんも、この頃はなんだか窮屈そうな感じに見える。

このまま飼いつづけることができるのだろうか。

そもそも、飼いつづけてもいいものなのだろうか。

折に触れては、そんな悩みにとらわれた。

しかし、おれは現実から目をそらした。

そして、ごまかすように、かまちゃんの遊び道具のダンボールをこしらえつづけた。

そんな、ある雨の日のことだった。

バイトから帰ってきたおれは、いつものように皿の中のミルクを新しいものに換えてやった。かまちゃんは、ソファーの下でぺろぺろと毛づくろいをしていた。

そのとき、玄関のチャイムが鳴った。

荷物が来たと思ったかまちゃんは、とたんに興奮しはじめて、キュウキュウと鳴き声をあげだした。

「よしよし、いま受け取ってくるからな」

そう言って、おれは何も考えずに玄関のドアを開けた。

その瞬間、ぎょっとした。

立っていたのは配送の人などではなく、アパートの管理人だったからだ。

「あっ、どうも……」

おれは頭を下げつつ、慌ててドアを閉めようとした。

「すみません、いま取りこんでまして……」

しかし、管理人は素早くドアのすきまに足をはさんだ。

「すぐ終わりますので、いいですか？」

有無を言わせぬ態度に、おれはたじろぐ。

「なんでしょう……？」

いえね、と管理人は口にした。

「苦情が来てるんですよ。お隣さんからは、あなたが壁に物をぶつけてきて困っていると。下の方からは、しょっちゅう何かが落ちる音がしてうるさいと。本当ですか？　何をやってるんですか？」

「あっ、えっ……」

おれはしどろもどろになる。

原因は、すぐに思い当たった。

かまちゃんだ。

いまやかまちゃんの巻き起こすつむじ風は、部屋いっぱいに広がる大きさにまでなっていた。そして、巻きこまれた本やゴミ箱が四方に散って、壁や床に衝突していたのだった。

「すみません、今後は気をつけますので……」

「まったく、近ごろの若い人はマナーがなってなくて困りますね。こっちは、別にいつ出ていってもらっても構わないんですからね？　そもそも、定職にもつかずにふらふらして、もっとしっかりしたらどうですか？」

管理人は、くどくどと嫌味を言ってきた。

正直なところ、おれは腹が立った。

仕事のことは、あんたに関係ないだろう。

が、なんとか笑顔を取り繕（つくろ）った。

「すみません、すみません……本当に気をつけますので。それじゃあ、これで」

再びドアを閉めようとした、そのときだった。

キュウ、とかまちゃんの声がした。

管理人がすかさず言った。

「あれ？　何か鳴きました？」

おれは何とかごまかそうとした。

「えっ？　空耳じゃないですか？」

「いや、間違いなく聞きましたよ？　……もしかして、あなた、何か飼ってるんじゃないでしょうね？」

「飼ってないです！」

断言するも、管理人はじろりとにらんできた。

「ふぅん……まあ、念のため、中を調べさせてもらいます」

「やめてください！」

おれはすぐさま抵抗した。

「どうしてですか？　やましいことでもあるんですか？」

「プライバシーの侵害じゃないですか！　……あっ、ちょっと！」

管理人は無理やりドアをこじあけると、おれを押して中に入った。

よろめきながら、おれは焦る。

マズイ——。

「ひぃっ！」

直後、管理人は声をあげていた。

「なに!?　この獣は!?」

最悪だ、と、おれは思った。

目をやると、おびえて身を縮めるかまちゃんの姿が飛びこんできた。

管理人は再び叫ぶ。

「刃物も持ってるじゃない！　なんて危険な獣なの!?」

「かまちゃんは危険じゃないです！」

おれは強く主張した。

「安全な生き物なんです！」

「ウソ！　どこで拾ってきたのか知らないけど、こんなの放っておいていいわけないじゃない！　駆除しないと！」

管理人は、そばにあった傘を手に取った。

「何するんですか！」

「私が息の根を止めてやる！」

おれが止めるより早く、管理人は傘を力強く振り下ろした。

「かまちゃん！」

すんでのところで、かまちゃんは傘をかわした。

おれは管理人を必死で押さえた。

「落ち着いてください！」

管理人は声をあげた。

「なにするの!? 離しなさい！」

「やめてください！ ぼくがアパートを出て行きますから！」

「そういう問題じゃないの！ 危険生物は駆除しないと！」

このままだと、かまちゃんが危ない――。

おれは叫んだ。

「かまちゃん、逃げて！」

「もう、どきなさいっ！」

管理人に突き飛ばされて、おれは部屋の隅(すみ)に転倒した。

キュウ、というひときわ高い声が耳に届く――。

その次の瞬間だった。

かまちゃんが素早い動きで、ぐるぐると円を描くように駆け回りはじめた。

びゅぅっという音が耳に届いたのは直後だった。

部屋の中に、たちまちつむじ風が巻き起こった。

「きゃあぁ！」

風は、かつてないほどの強さで渦を巻いた。

またたく間に管理人の身体が宙に浮き、まるで洗濯機の中を回るようにぐるぐると猛スピードで回転しだす。

物が飛び、床が剝（は）がれ、窓が割れる。

管理人を巻きこんだまま、かまちゃんの起こした風は割れた窓から外に出る。

「かまちゃん！」

おれは急いで窓に駆け寄る。

黄金色の大きな渦が、雨の降る中を天に向かってのぼっていくのが目に入る。

行ってしまう――。

そのときが来てしまったのだ、と、おれは悟った。

いつか来ることは分かっていた。

でも、こんなに早く来るなんて――。

かまちゃんは上へ上へとのぼっていって、やがて小さくなって見えなくなる。

行ってしまった――。

そう思った直後だった。

おれは目を見開いた。

空に変化があったのだ。

かまちゃんが向かっていった先の雲には、いつしかぽっかりと穴が開いたような切れ間ができていた。そして、そこからまばゆい光芒（こうぼう）が差しこんできていたのだった。

おれは呆然（ぼうぜん）とそれを眺めた。

黄金色の光芒は、かまちゃんの色とよく似ていた。

おれの中で、かまちゃんを拾った日のことが思いだされる。

あの日もたしか、こんな雨の日だったなぁ……。

短い期間での数々の思い出がよみがえる。

いろんなものをズタズタに切り裂いてくれたよなぁ……。

視界がにじみ、光芒がゆがむ。

おれは空に向かって、つぶやいた。

「……かまちゃん、元気でやるんだぞ」

キュウ、という鳴き声は、もはや聞こえてきやしなかった。

その後、管理人はアパートの近くで発見された。服は裂け、腕や足に切り傷がある姿で、獣が、獣が、とつぶやいていたのだという。

その管理人は、正気を取り戻すとおれのもとへとやってきて、訴えてやるとわめき散らした。

しかし、警察は突発的な気象現象か何かだろうと言って取り合わなかった。

それとは別に、おれは心の中で引っ越すことを決めていた。修繕費(しゅうぜんひ)だけを叩(たた)きつけるように支払って、おれは部屋を出て行った。

そうして、新しい暮らしがはじまった。

気持ちは整理したつもりだった。

が、脳裏からは、ずっとかまちゃんのことが離れなかった。

お腹(なか)を空(す)かせてはいないだろうか。

弱って転がっていやしないだろうか。

おれは夜な夜な胸を痛めた。

が、そんな心配は、少しだけ晴れる。

あるとき、部屋でぼんやりしていると、気になるニュースが流れてきたのだ。

それは、ある町で起こっている出来事を伝えるものだった。

イタズラ目的か、何かほかの意図があるのかは分からない。いずれにしても、犯人の姿を目にした人は誰もおらず、住人たちは首を傾げている――。

「よかった……元気にやってそうだなぁ」

おれはつぶやく。

そして、かまちゃんの姿に思いを馳せて、思わず微笑む。

ここのところ、その町では怪事件が起こっているのだという。

どういうわけか、何者かによってダンボールというダンボールが丁寧に開封されている、ということらしい。

Episode 7

いた

大学生活も折り返しを迎え、それなりに充実した日々を送っていた。

ゼミの勉強も楽しかったし、テニスサークルではいい仲間に囲まれて、塾でのバイトもやりがいがあった。

ただひとつ不満があるとすれば、男運に恵まれないことだった。

近づいてくる男たちはみんな微妙で、なかなか彼氏もできないでいた。

でも、まあ、彼なんていなくたって充実してるし、別にいいか……。

私はさして気にせずに、大学生活を謳歌(おうか)した。

ある日も、家でくつろぎながら、いつもの友達グループでくだらないメッセージをやり取りしていた。

おもしろかった動画のこと。

美容のこと。

好きな芸能人のこと。

誰かがボケたら、すぐにみんなでツッコミを入れ、クスクス笑っているうちにも話題は次々と移り変わる。

時間だけがあっという間に過ぎていき、やがて夜も更けた頃に会話は途切れた。

じゃあ、私もぼちぼち寝ようかな——。

妙なことに気がついたのは、そのときだった。

ベッドに転がり、なんとなくみんなとのやり取りを見返していて「ん?」と思った。

あれ? このグループって、何人いたんだっけ?

そう思い、メンバーの一覧を確認してみた。

7人……。

そうだよね、と私は思う。

やっぱり、私を入れて7人だよね……。

でも、と、私は自分のメッセージについている既読の数をもう一度見た。

そこには、間違いなく「7」と表示されている。

なんでだろう……。

既読——メッセージを見た人の数を示すそれは、ふつうは自分を除いた数が表示される。

つまり、いまの状況なら全員がメッセージを見たとしても、表示されるのは最大で「6」のはずなのだ。

なんでひとつ多いんだろう……。

おかしいなとは思いつつ、私は眠気に襲われはじめ、すぐにどうでもよくなった。

まあいいや……どうせアプリのエラーか、システムが変わったかだろう。

私はアプリを閉じて、眠りについた。

その日を境に、私の送るメッセージの既読の数は、前よりもひとつ多くつくようになった。

が、私はまったく気にしなかった。

どうせ、みんな同じようになったのだろう。

そう思ったからだった。

ところが、友達とやり取りしていたときだ。

ふと話題が途切れたときに、私は何の気なしに友達に言った。

——既読の数、最近なんか1個増えるようになったよねー。

すると、友達からこんな返事がかえってきた。

——ほんとだ、言われてみれば。杏奈とやり取りしてるやつだけなってるねー。

私は思わず首を傾げた。

私とやり取りしてるやつだけ？

どういうことだ、と私は尋ねる。

――えっ、それってさ、ほかの人とのときはなってないってこと?
――だねー。なんでだろー。
友達はつづけた。
――誰かもうひとり、知らない人がグループに入ってきてるとか?ｗｗｗ
――ちょ!　やめてよ!　こわっ!ｗｗｗ
――でもさ、自分で言っておいてなんだけど、杏奈とやり取りしてるとき、なんかもうひとり別の人がいる感じがするんだよねー。誰か途中で入ってきて、抜けてくみたいな。
――やめろｗｗｗ
――いや、これはマジのやつ!
――おいｗｗｗ
友達の悪ふざけはつづきそうだったので、私は無理やり話題を変えた。
その一方で、まさにその2人でのやり取りも終始やっぱり「2」という既読の数がついていて、モヤモヤしたものはたしかに残った。
それからも、私はそれとなくいろんな友達にこの妙な現象のことを聞いてみた。
みんなは口々にこう言った。
――既読の数、たしかにそうなってるわー。

――ホントだ。よく気づいたねー。

――まあ、どうせバグか何かでしょ。

そんなみんなに、私は思い切って冗談めかして言ってみた。

――誰かが覗きにきてるとかかな？ｗｗｗ

それは、最初に友達に言われて以来、心のどこかで気になりつづけていたことだった。

みんなには、ないない、と笑い飛ばしてほしかった。

でも、その点だけは、誰に聞いてもこんな返事がかえってきた。

――あー、そういう感じがしなくもないかも。

みんなで口裏を合わせて、私をからかってるのかな……？

そうも考えたけど、みんながみんな同じことを言ってくるので、次第に気味が悪くなってきた。

覗かれてるとか、まさか、そんなことがあるはずないって……。

私は自分に言い聞かせた。

奇妙なことは、まだあった。

みんな、グループの中に別の誰かがいたような気になっている……それなのに、全員が不思議なほど、そのことに無頓着なのだ。

覗かれてるかもしれないのに、なんでみんな落ち着いてるの……!?

私が聞いても、こんな返事があるだけだった。

——杏奈が気にしすぎなんだよー。

あれっ、と思ったのは、ある日のゼミのオンライン講義のあとだった。

講義が終わってそのままみんなと画面上でダベっていると、私は違和感を覚えはじめた。

ついさっきまで、もうひとり、誰かが画面にいたような気になってきたのだ。

ためらいながらも、私は言った。

「ねぇ……今日のゼミ、いつもより人が多くなかった?」

友達のひとりが口を開く。

「そういえば、ゼミ生以外に誰かいたかも」

それを機に、みんなが口々に言いはじめる。

「ちょっとだけ思いだしてきた!　モグリかな?」

「先生の知り合いとかじゃない?」

「あー、そうかも。なんか、おじいちゃんみたいだったし」

私は尋ねる。

「おじいちゃん……?」

「そーそー、いま思うと、年取ってた人がいた気がするんだよね。あっちもカメラをほぼオフってたから、あんまハッキリとは分かんなかったけど」

たしかに、言われてみると私も老人がいたような気がしはじめる。

友達は言う。

「頭の後ろが、めっちゃ大きかったかも」

「髪もなかったような」

「和服を着てたっけかなー」

言われれば言われるほど、たしかにそんな人が画面にいたような感覚になる。

「なんか、気持ち悪いね……」

思わずこぼすも、友達は「そう？」と言った。

「別に、全然あるっしょ」

「そーそー、いまは一生学ぶ時代なんだしさー」

「杏奈は考えが古いなー」

そうじゃない、と私は否定したかった。

学生の中にお年寄りが交じってたことが問題なんじゃない。

それがいったい誰なのか……みんな記憶が曖昧(あいまい)で、関心もないのが問題なんだ。

でも、それ以上その話題を引っ張る空気でもなく、私は口を閉ざさざるを得なかった。

それからしばらくたった、ある日のこと。私は高校のときの友達と久しぶりにお茶をした。

その席で、最近の一連の妙な出来事のことを打ち明けた。

すると、友達はこんなことを口にした。

「なんか、ぬらりひょん的な感じだね」

「ぬらりひょん……？」

「妖怪だよ。知らない？　昔、おばあちゃんから聞いたことがあるんだけど」

これこれ、と友達はスマホを向けてくる。

その画面を覗きこみ、息をのんだ。

こいつだ、という直感があった。

後頭部が異様に大きな和服の老人。

その妖怪は、まさに私自身がぼんやり感じ、みんなも話していた通りの姿をしていた。

「このぬらりひょんって、どんな妖怪なの……？」

尋ねると、友達は言う。

「知らないうちに人の家に上がってきて、お茶とか飲んで帰ってく、みたいなやつじゃなかったかな。こいつがいるあいだは誰も気がつかないんだけど、帰ったあとに、誰かいたかもって感じになるんだって」

「えっ⁉　それって、いまの私の状況とだいぶ似てない⁉」

「ね、ちょっと形は違うけど、似てるよねー」

友達はつづける。

「もしかして、杏奈、ぬらりひょんに好かれちゃって、付きまとわれてるんじゃない？　さっき言ってた変なことって、杏奈が関係してるとこだけで起こってるんでしょ？」

「うん……」

私は不安が膨らんでいく。

「でも、もしそうなら、それって好かれてるっていうか、とり憑かれてるってことだよね……？」

「まあ、そうかもだけどさ、別に何か悪いことをされてるわけじゃないんでしょ？　全然いいじゃん。悪霊とかにとり憑かれるより。恨むなら、自分の男運のなさを恨むんだねっ」

「いや、でも……」

相手が妖怪だということもあるけれど。

私は思う。

そんなことより、ストーカーみたいで気持ちが悪い……。

黙っていると、やがて友達が口にした。

「じゃ、ぼちぼち行こっか」

「うん……」

うなずいて、立ち上がろうとしたときだった。

テーブルの上に視線を落として、私は思わず固まった。

四人掛けのテーブルの一席に、私たちのものではない飲みかけのマグカップが置かれていたのだ。

絶句していると、友達が言った。

「杏奈、どうかした？」

「これ……なんでマグカップがひとつ多いの……？」

「あれー、ホントだ。なんでだろ」

首を傾げる友達に、私はつぶやく。

「ぬらりひょん……」

「えっ？」

「ねぇ、これ、ぬらりひょんだよ！」

私は必死になって訴える。

「ほら、いま教えてくれたじゃん！　知らないあいだにやってきて、帰ってくって！　それじゃん！　今まさに！　絶対にぬらりひょんじゃん！」

しかし、友達はのんびりした口調で言った。

「やめてよー。もう、真に受けちゃってさー。どうせ、前の人のを店員さんが片づけ忘れてたとかでしょ？」

「だったら最初に気づくよね!?　ってか、考えれば考えるほど、さっきまでここに誰かいた気がしてきたんだけど！」

友達は、うーん、とうなる。

「まあ、言われてみると、そんな気がしなくもないけど……」

「でしょ!?」

でも、と友達は口にする。

「やっぱ気のせいだってば。妖怪なんているわけがないんだし。ってか、そういうこと考えちゃうのも、そもそも私が変なこと言ったせいだよね。ごめん！　さっきのはぜんぶ忘れてっ！」

なおも食い下がったけど、友達はまったく相手にしてくれず、ごめんごめんと謝りながら帰っていった。

その姿を見送りながら、私は背筋を撫(な)でられるような、いやぁな感覚に襲われる。

ぬらりひょん……私、絶対そいつにとり憑かれてる……。

なんとかせねばと、私はすぐお祓(はら)いに行った。

見よう見まねで、部屋に盛り塩をしてみたりもした。

が、バイト先の塾でのことだ。

授業を終えると、子供のひとりが寄ってきた。

「ねぇ先生、さっきの人、誰ですか？」

「うん？」

「隅(すみ)っこに座ってたおじいちゃん」

「えっ……」

聞けば、その子は頭の大きな老人が席に座っているのを見たのだという。

私はだんだん記憶が明確になってくる。

いた……たしかにいた……。

私はぞわっと、全身の毛が逆立った。

さっき授業をしてたとき……老人が隅に座ってた！

慌てて教室を確認するも、その姿は消えている。

私は生きた心地がしないまま、早々に塾をあとにした。

ぬらりひょんは、サークルにもやってきた。

あるとき、混合ダブルスの試合を終えて、私はいつになく疲れた気分でベンチに座った。

原因は、ペアを組んだ相手にあった。

ホント、ないわー！

心の中で、私は愚痴(ぐち)る。

私がボールを拾ってばっかで、なんにもしてくれないじゃん！　動きが悪いにもほどがあるでしょ！　なんなの、あいつ！　意味分かんない！

と、そこまで考えて、私は「あれ？」と思いはじめる。

あいつって……？

そもそも私、誰とペアを組んだんだっけ……？

瞬間、全身から血の気が引いて、そばにいた後輩をつかまえた。

「ねぇ、私がさっき組んでたの、どんな人だった⁉」

なんでそんなことを聞くのだろうと、後輩は不思議そうな顔をする。

「どんなって……あんまり覚えてないですけど、たしかおじいちゃんでしたよね。頭のおっきな。まあ、何もしないで突っ立ってただけですけど」

「知ってる人？」

「えっ、知りませんよ。先輩の知り合いなんじゃないんですか？」

恐怖を覚え、私はみんなに必死でぬらりひょんのことを説明した。

でも、みんなヘラヘラと笑うばかりで、誰もまともに取り合ってはくれなかった。

たまらず私は、急いで警察に駆けこんだ。

「あの！　私、ストーカーされてるんです！」

警官は真剣な様子で詳しく話を聞いてくれた。

しかし、その顔は途中からくもりだし、次第に苦いものへと変わっていく。

「あなたの言うその妖怪というのは、妖怪みたいだ、ということですか？」

尋ねられ、私は首を横に振る。

「いえ、本物の妖怪なんです！」

「……その、いろんなところに現れるという以外に、何か言われたり、されたりしたことはありますか？」

私は言葉に詰まってしまう。

ぬらりひょんは、いつの間にかやってきて、気づいたときにはもういない。

それだけと言えばそれだけで、何か被害があったわけでは別にない。

「いえ、特には……」

「なるほど」

警官は言った。

「いまはネットやカメラが発達して、窮屈な時代になりましたからね。人から監視されてるように感じる人も多いようですよ」

暗に、被害妄想ではないかと言われているのだと、私は悟る。

ダメだ、信じてもらえてない……。

そのとき、警官が口にした。

「まあ、そちらの付き添いの方も、ご心配ではあるでしょうが」

「付き添い？」

「ええ……あれ？」

警官はきょろきょろとあたりを見回す。

「さっきまで、ここにおじいさまがいらっしゃいましたよね？」

聞かれてた……！

私は恐怖に襲われる。

とにかく逃げなきゃ……！

お礼も言わず、私は急いで立ち上がった。

その日の夜は厳重に戸締りをして、家にこもった。

食事のときも、気分はまったく落ち着かなかった。

あいつの目的は何なのか……。

友達の言葉がよみがえる。

――ぬらりひょんに好かれてるんじゃないの？

思わず、ぶるっと身体(からだ)が震える。

付きまとって、盗み聞きして、あいつはやっぱり私のプライベートを知りたがっているのだろうか……？

もしそうなら、と私は思う。

なんて気持ち悪いんだ……！

目をみはったのは食事を終えて、ふぅ、と息をついた瞬間だった。

テーブルの上を見て戦慄(せんりつ)した。

用意した覚えのないお箸やお皿、湯呑(ゆのみ)が出ていて、明らかにもうひとり、誰かが食事を終えたような跡があったのだ。

「うわぁぁっ！」

急いで最低限のものだけ詰めて、私は部屋を飛びだした。

その日は適当な理由をつけて、友達の家に泊まらせてもらった。

が、翌朝、リビングに出てみて、心臓が止まりそうになった。

ソファーに、今の今まで誰かが寝ていたような形跡があったのだ。しかも、置かれた枕は異様に沈みこんでいた。まるで大きな後頭部を持つ誰かが寝ていたように。

「ちょちょちょ、何これ⁉」

「どーしたの？　あれぇ、なんでこんなところに枕があるんだろ。昼寝したときに片づけ忘れたのかなー」

ここもダメだ……！

身支度もままならないまま、私は手近なホテルに飛びこんだ。

が、状況は好転しなかった。

気づいたときには、今度はアメニティーの歯ブラシが勝手に使われていた。

ぬらりひょん……！

それから数日、私は授業もバイトもサボってホテルを転々とした。

しかし、どこに行こうがムダだった。タオルがくしゃっとなっていたり、ケトルにお湯が沸いていたり、緑茶のティーバッグが開けられていたり。

精神的に追い詰められていく中で、資金もすぐに底をついた。

もう、どこに行ってもおんなじだ……。

私はひとり家に戻った。そして、隙間（すきま）という隙間をテープでふさぎ、窓に板を打ちつけた。

これで何とかなってくれたら……。

そんな期待は、もろくも崩れる。

ベッドでうとうとしていてハッと気がつき隣を見ると、そばで今まで誰かが寝ていたらしい形跡があった。

それを目にして、私の正気は振り切れた。

「おい、おまえ！」

半狂乱で私は叫ぶ。

「言いたいことがあるんなら、正々堂々、出てきて言えよ！」

私は頭をかきむしる。

「嫌がらせしたいんだったら、直接やれよ！　どうせビビッて、やれないんだろ!?」

虚空（こくう）に向かって、叫びつづける。

「ほらほらほら！　こそこそすんな！　やるならやってみろっつーんだよ！　おい！　なんとか言えよ！　ほらほらほらほら！」

はあはあと、私は肩で息をする。

反応は何もかえってこない。

部屋はいつまでも静まり返ったままだった。


その日から、ここ最近の妙な現象はウソのように収まった。

メッセージの既読の数は元に戻り、授業でもサークルでも、バイト先でも家の中でも、ぬらりひょんの痕跡が残されることはなくなった。

表面上は。

あれ以来、私の身には別の異変が起こるようになっていた。

ふと気がつくと、今の今まで自分の中にもうひとり、別の人格が居座っていた……そんな感覚にとらわれることが出てきていたのだ。

すべてはぬらりひょんの仕業だろう、と私は思う。

下手に煽ったのが災いしたか——あいつは周りをうろつきプライベートを覗くのではなく、堂々と私の中に入りこみ、思考や記憶を勝手に覗いて去っていくようになったらしい。

この頃は、首の後ろがやたらと痛む。

まるで束の間、大きな頭を無理やり支えていたかのように。

Episode 8

座敷男

おもしろくないなぁ、と、おれは思う。

何をやっても、うまくいかない。

仕事もプライベートもだ。

きっと自分は、不運な星の下に生まれてきたんだろうなぁ。

物心がついてから、ずっとそう思ってきた。

中学の修学旅行では、初日に食あたりに見舞われて急遽の帰宅を余儀なくされた。

大学受験では高熱を出し、実力が発揮できずに浪人した。

大学四年の卒業旅行ではパスポートの期限が切れていて、空港で友達みんなを見送るハメになった。

花火大会も、初デートも、新しい靴を下ろしたときも、肝心なときはいつも雨。

おみくじを引けば大凶ばかりで、ジャンケンをすれば大抵負ける。

就職活動では第一志望の会社の面接に向かう途中、電車が止まって会場にたどりつけず、あえなく落ちた。

いまの会社は、すべり止めの感覚で受けていたところだ。

その会社でも同期はどんどん出世していくのに、おれは昇進どころか会社の評価も最低ランクをうろついている有様だった。

がんばるなんて虚しいな……。

ずいぶん前から、おれはあきらめ交じりにそう思うようになっていた。

どうせ途中で不運に見舞われ、失敗するに決まっている。

だったら、最初からがんばらないほうがいい。

心は、すっかり腐りかけていた。

そんなある日のことだった。

夜、ベッドで眠っていると、耳障りな音が聞こえてきた。

それは、誰かが床を駆け回るようなドタドタという足音だった。

なんだろう……。

ぼんやりと思っているうちに、なぜだか畳に使われるイグサの匂いも漂ってきた。

おれは次第に意識がはっきりしはじめる。

もしかして、誰かいるのか……？

瞬間、一気に目が覚め、慌てて起き上がって電気をつけた。

とたんに音はぴたりとやんだ。

そこには、やはり人がいた。

立っていたのは、無精ひげを生やした、自分と同年齢くらいの冴えない男だった。

「だだだ、誰なんですか⁉」

声をあげると、男は申し訳なさそうに頭を下げた。

「驚かせてすみません、私、座敷童子と申します」

「は？」

おれは素っ頓狂な声をあげた。

座敷童子？

こいつは何を言ってるんだ……？

泥棒がとっさについた嘘だろうか、と、おれは思う。

いや、それにしては、あまりに突拍子もない……。

困惑して黙りこんだおれに向かって、男は自嘲気味にこうつづけた。

「まあ、もう童子という年齢ではありませんので、座敷男、とでもいうほうがふさわしいんでしょうが……」

そいつ——座敷男は乾いた笑みを浮かべた。

そのあきらめの交じった表情は、とても即席の演技のようには見えなかった。

男には、こちらに危害を加える様子も、逃げようとする様子もまったくない。

それもあって、おれはこの男に少し興味が湧いてきた。

「……座敷童子って、どういうことですか？」

おれは尋ねた。

「あの有名な座敷童子と、何か関係があるんですか？」

男は大きくうなずいた。

「まさにです。ただ、分かりやすいのでそう名乗りはしましたが、正確に言えば、私は〝元〟座敷童子でして。以前は北のほうにある古民家で働いていました」

「働く？」

「ええ、家の人たちのために仕事をしていたんです」

すべては男の妄言だろうか……。

そうも思った。

が、男の真剣なまなざしも相まって、おれはもっと話を聞いてみたくなった。

「その、仕事っていうのは……」

「夜になると勤め先の座敷に現れて、トコトコとあたりを駆け回るというものです」

男は話をしはじめる。

「座敷童子がいる家には幸運が訪れる、というでしょう？　座敷童子の足音には、聞いた人を幸せにする力がありまして。私も手前みそではありますが、勤め先のお宅に多くの幸運をもたらしたものでした。

……なのですが、あるとき古民家は取り壊されることになり、建て替えられた新しい家には座敷がなかったものですから、残念ながら私はお役御免となって、次の勤務先を探すことになりました。

ところが、その再就職がなかなか思うようにはいかず……と言うのが、人間界では座敷のある家がどんどんなくなっていて、就職先自体が極端に減ってしまっていたんです。もちろん、まったくゼロになったわけではありませんが、新規の募集がはじまると、職にあぶれた座敷童子が殺到するような状況で……倍率はものすごいことになり、選ばれるなんてほとんど奇跡みたいなものでした」

おれは男に尋ねてみた。

「それって、どうやって選ばれるんですか？」

「オーディションです」

男は答える。

「畳が敷かれた会場の中を走り回って、人を幸せにする力がどれくらいあるかを見せるんです。それを審査員が審査して、合格すれば晴れて就職先が決まるという具合です」

「誰が審査するんですか？」

「一次や二次のふるい落としは座敷童子のＯＢ・ＯＧが担当しますが、最終審査員は神様ですね」

「神様……？」

おれはつぶやく。

「神様って、本当にいるものなんですか……？」

「いますとも。それもいろんな方面の方がたくさんいます。そもそも、座敷童子というのも神様の一種みたいなものでして。幼い時代の神様だけが、座敷童子になれる資格を持っているんです。人間界でいう子役みたいなものでしょうか」

「へぇぇ……」

ともあれ、と男は言う。

「私はオーディションに落ちつづけ、気づけば身体(からだ)も成長して、座敷童子として活動できる年齢の上限を超えてしまっていました。そうなると、今度は神様を目指すためのいろいろな試験を受けていかなければならないわけなんですが……私はなかなか評価が上がらず、その後はいまに至るまで、恥ずかしながらうだつの上がらない日々を送っています。私よりも職歴が遥かに浅い、座敷童子を経験していない同世代がどんどん出世していくのを見ていると焦りますが、こればっかりは。昔はよかったですよ。あの頃は、何も考えずに無邪気に走り回っているだけで、ちやほやしてもらえましたから」

男は、また自嘲気味に笑った。

「……じゃあ、いまのあなたは、座敷童子でも神様でもないわけですか？」

「その通りです」

いまや、おれの中では男のことを疑う気持ちは消え失せていた。

話にリアリティーがあったから、だけではない。

男の境遇に同情し、共感している自分がいたからだ。

そのとき、肝心なことに思い至って、おれは尋ねた。

「あの、事情はよく分かりましたけど……どうしてここに？」

それがまったく解せなかった。

うちは座敷などない、ただの現代的なマンションなのだ。

いや、いまの男は座敷童子ではないわけだから、別に座敷の有無は関係ないのか？

にしても、なんでうちに……？

首を傾げているおれに、男は言った。

「スキルアップのための実務経験を積みにきました」

「スキルアップ……？」

「神様になるためには、人を幸せにする力があるかどうかがポイントのひとつになるんです」

ですので、と男はつづけた。

「今日からお世話になりますが、どうぞよろしくお願いします」

いきなりの言葉に、おれは思わず声をあげた。

「えっ？　それって、うちに居候するってことですか……？」

こんな狭い部屋なのに、それは困る……。

こちらが難色を示しているのを察してか、男は急いで補足した。

「そういうことにはなりますが、決してご迷惑はおかけしませんので！　いまはこうして実体化していますが、ふだんは消えておくこともできます！　お邪魔にだけはならないようにしますので、何卒……！」

男は深く頭を下げた。

それを見て、おれは渋々承諾した。

「まあ、そういうことなら……」

男は、とたんに破顔した。

「必ずや、あなたに幸運をもたらしますので」

鼻息荒く、男は言った。

その日から、おれは座敷男と同居をはじめた。

と言っても、最初の日以来、男は姿を消していたので、それを意識することはあまりなかった。が、この部屋にもうひとり男がいるのだと考えると、なんだか妙な気分だった。

数日がたったころ、おれは暇を持て余して彼のことを呼んでみた。

「座敷童子さん……いや、座敷男さん……いや、いまは座敷とは無関係なんだったな……神様でもないわけだし、なんて呼べばいいんだろう……」

すると、男は音もなく姿を現した。

「座敷男で大丈夫ですよ」

「じゃあ、座敷男さん」

「はい、なんでしょう」

「いや、別に何か用があったわけじゃないんですが……」

まあ、せっかく現れてくれたことだしな、と、おれは言う。

「ぼくは昔から運がないタイプなんですけど、そんなやつのところに来てよかったんですか？」

男は答える。

「派遣先は自分では選べないんです。それに、相手がどんな方であろうが幸運をもたらす。それこそが、神様になるための必須スキルですから」

「でも、ですよ？」

おれは思っていたことをズバリ言う。

「いまのところ、これといった幸運は訪れてないですよね？　というか、財布をなくしたりスマホを置き忘れたりして、どちらかというと不運のほうが多いような」

「うっ……」

男はうめいて、黙りこんだ。

しまった、余計なことを言ったかも——。

おれは慌ててフォローを入れる。

「いや、全然いいんですよ！　運が向かないのには慣れっこですしっ」

男は、なおもうつむいている。

マズイ、これは謝っておいたほうがいいかもしれない――。

そう思ったときだった。

男は深刻そうな表情で、口を開いた。

「じつは、お伝えしなければならないことがありまして……」

なんだろう、と、おれは黙って先を促す。

「……いまの私は、どうも運をもたらす力が弱いようなんです。いえ、正直に言いますと……不運をもたらす力のほうが強いんです」

「そうなんですか……？」

「おそらく、それが原因で評価も上がらないんだと……」

男の表情は、ますます暗くなっていく。

「このままだと、第一志望の福の神になるどころか、万年定員割れの貧乏神に無理やりさせられるかもしれません……」

なんだか気まずい沈黙が流れる。

これは何か言わないと……。

おれはすぐに口にした。

「でも、貧乏神でも神様は神様なんですよね？　それに、ぼくだって不運な人間なんですから、もしかすると二人が一緒にいることで、マイナス掛けるマイナスでプラスになることもあるかもしれませんよ？　あんまり気にしなくてもいいんじゃないですか？」

我ながら無理やりだな、とは思った。

柄にもないことを言ったもんだな、とも思った。

もしかすると、おまえに何が分かるんだと、気を悪くしたかもしれない。

ああ、差し出がましいことを言ってしまった……。

しかし、次の瞬間、男はパッと笑顔を咲かせた。

「そうですよね……！」

「えっ？」

「貧乏神でも神様ですよね！」

おれが呆気にとられている中、男の目は輝きはじめる。

「不運が掛け合わされて幸運になる……そんなこと、考えたこともありませんでした！　目から鱗ですよ！」

「えっと……そうですか？」

「はい！　ありがとうございます！　なんだか元気が出てきました！」

「……それはよかったです」

案外、単純なんだな、とおれは思った。

いや、ピュアと言うべきか……。

ただ、半ば呆れつつも、おれは感謝をされてまんざらでもない気持ちになった。

男は喜びを表すように、年甲斐もなくあたりをドタドタと走り回った。

それからというもの、男はこちらが呼ばずとも自分のほうからたびたび顔を出すようになった。

最初の夜がそうだったように、男が姿を現すと、イグサの匂いがほのかに香った。

そのことが気になり、ある日、おれは尋ねてみた。

「あの、ひとつ聞いてもいいですか？」

「なんでしょう」

「座敷男さんが現れると、なんだかイグサの匂いがするんですけど……」

そのとたん、男は申し訳なさそうな顔になった。

「すみません……座敷童子だったときのなごりで、どうも匂いがしみついてしまっているらしく……ご迷惑ですよね……？」

いいえ、と、おれは首を横に振る。

「なんだか懐かしい匂いだなぁと思っただけです」

事実、その匂いは祖父母の家での記憶を思い起こさせたりした。

「それならよかったですが……なんだかすみません」

男は恐縮するばかりだったが、そんなことより、問題は不運のほうだった。

よくないことは、まだまだ起こった。

あるときは、スーパーから帰ってきて声をあげた。

「割れてる！」

パックに入った卵の大半が割れていて、黄身も出ていた。

嘆いているとイグサの匂いが漂ってきて、座敷男が現れる。

「最悪だ……」

「きっと、私のせいです……申し訳ありません……」

男はうつむき、ぶつぶつとつぶやく。

「やっぱり自分はダメなんだ……このままだと、貧乏神にもなれやしない……」

卑屈になる男に対して、おれは内心でため息をつく。

しかし、言っても何もはじまらないと、あえて励ましの言葉をかけてやる。

「たまには、こういうこともありますよ。別に食べられないわけじゃありませんし」

「えっ……？」

「まあ、まとめてスクランブルエッグにでもしちゃいます」

男の表情には、分かりやすく明るさが戻る。

「そうですか？　それなら、よかったです！」

またあるときは、どこかで服を引っかけて、いつの間にか破れていた。

「ウソだろ……買ったばっかりだったのに……」

つぶやくと、男が現れて口にする。

「またやってしまいました……」

本当は、文句のひとつでも言ってやりたいところだった。

が、しょげ返る男を見ていると、なんだか言う気が失せてくる。それに、もしかするとこれは男のせいではないのかもしれない。もともと自分も不運なタチだからだ。

「……まあ、破れたものは仕方ないですよ。というか、きっと身代わりになってくれたんです」

おれは苦し紛れに、そう言った。

「身代わり？」

「ぼくがケガをする代わりに、服が破れてくれたんですよ」

「なるほど！　そうだったんですね！」

いや、真に受けられても……。

思わず苦笑してしまったが、そんなこちらの反応は見ておらず、男は「よかったよかった」とドタドタと床を走り回った。

おれは男の相談にも乗ってやった。

「どうすれば、私は幸運をもたらせるようになるんでしょう……」

そんなことを人間のおれに聞かれても。

そう思ったが、ふとひらめいた。

「……畳でも敷いてみますか？」

おれは言う。

「たくさんは入りませんけど、少しくらいなら床に敷けます。それで、簡易的な座敷を作るんです」

「作って、どうするんですか？」

「初心を取り戻すんですよ」

「初心？」

ポカンとしている男に向かって、おれは言う。

「あなたはもともと、幸運をもたらす座敷童子だったんでしょう？　だったら、同じような状況を作れば、少しは昔の感覚がよみがえってくるかもしれないじゃないですか」

「ははあ、そんな手がありましたか！」

男の目はランランと輝く。

「ぜひお願いします！」

おれはさっそくネットで畳を調べてみた。

「へぇ、いまは置き畳ってものがあるのか……」

それは正方形のパネル状になった畳で、床に置くだけで簡単に設置できるというものだった。

おれはすぐに手配して、やがて届くとさっそく床に敷いてみた。

「さあ、これからはここを走り回ってください」

男はお礼の言葉を口にすると、童子のように畳の上を走りはじめる。

「懐かしいなぁ！」

畳からは、座敷男のものよりも、もっと濃厚なイグサの匂いが香り立った。

そんなこんなで手を打ってはみたものの、おれは相変わらず不運に見舞われつづけた。

会社では、後輩のミスをおれのミスだと勘違いした上司に怒られた。

反論できずに黙っていると、上司は言うだけ言って去ってしまった。

はぁ、とため息をつきかけるが、ダメだダメだと首を振る。

最近の座敷男は、姿を消して家の外にもときどきついてくるようになっていた。

どこで彼が聞いているか分からない。

聞かれたら、また自分を責めはじめるだろうからなぁ……。

そのとき、とつぜん声をかけられた。

「あの、先輩……」

振り向くと、ミスをした後輩本人がそこにいた。

よし、小言のひとつでも言ってやろう——。

そう思った直後だった。

後輩は深々と頭を下げた。

「さっきはありがとうございました！」

「へっ？」

「自分のミスをかばってくださって……なんてお礼を言ったらいいのか……次からは絶対に、同じミスを繰り返さないようにしますので！」

後輩は、まっすぐな瞳で見つめてくる。

「ミスを挽回するために、精一杯がんばります！」

おれはなんとか返事をする。

「おお……まあ、適度にな」

かばうつもりなんて皆無だったし、別に自分はそんな人間でもない……。

そう思いつつも、なんだか心がむずがゆかった。

そのうち、マンションの階下の人から苦情が来た。

「足音がうるさくて眠れないんですけど、静かにしてもらえませんか？」

それは座敷男の仕業だった。

男は深夜になるとときどき寝室に現れて、一心不乱にドタドタと駆け回っていたのだ。

童子時代の癖みたいなものだろうか……。

仕方なくおれは耳栓をして眠るようになったのだが、階下の人には通じない。

すぐに謝り、男には注意をしておいた。

「すみません、私のせいでまた不運が……」

「まあ、不運といえば不運ですけど、これは直せばすむことですから」

「やってみます」

以来、男は夜中に走り回るのを控える努力をしてくれた。が、どうやら無意識のうちにやってしまうものらしく、ドタドタという音は変わらずたまに聞こえてきた。階下の人とすれ違うたびに白い目で見られたが、すぐに視線をそらしてそれから逃れた。

やがて、おれは男の口癖にも気がついた。

たびたび、こんなことをつぶやくのだ。

「不運だなぁ……童子の頃はよかったなぁ……」

それがずっとつづくので、あるときおれはついに叱った。

「いつまでも過去の栄光にすがって生きてるようだと、進歩はありませんよ？　というか、だからうまくいかないんじゃないですか？」

厳しいだろうとは思ったが、おれはあえて口にした。

「現実から逃げずにちゃんとそれを受け入れて、いまできることにひたすら力を尽くしていく。そうすべきだと思いますね。それに、不運不運と自分で言うから、不運になるんじゃないですか？　要は気持ちの問題です。絶対に自分が幸運を招いてやるんだという意気ごみでやらないと。そうでしょう？」

ぐうの音も出ないようで、男はしばらくのあいだうなだれていた。

「おっしゃる通りです……ようやく、目が覚めました」

男は顔をあげて、こちらを見据えた。

「なんだか、呪縛から解放されたような気分です……幸運は自分で招く……これからは、心を入れ替えてがんばります……！」

「その意気ですよっ」

いや、男だけではない。

宣言通り、それからの男はたしかに変わった。

気がつけば、おれ自身も少しずつ変わってきていた。

ある日、うっかり電車を逃してしまったときだ。

イグサの香りが漂ってきて、耳元で男の声が聞こえてきた。

「いやあ、幸運でしたね！」

「幸運？」

おれが首を傾げていると、男が言った。

「次の電車が来るまで時間ができたじゃないですか！」

たしかに、と、おれはうなずく。

「そういえば、最近はちょっと自分に余裕がなかったですしね……休憩できると思えばいいですよね」

「です！」

雨の日にお得意先に向かう途中で、おれは車がはねた水を全身にかぶってしまった。が、内心では自然とこう考えていた。

これはチャンスだ！

お得意先に到着すると、おれはさっそくそれを話のネタにした。

「見てください、この濡(ぬ)れっぷり。水もしたたるイイ男ってやつでしょうか」

おどけて見せると、先方は言った。

「いや、そんなことより拭かないと！」

タオルを渡してくれつつも、みんな笑ってくれていた。

しばらくたって、上司からこんな言葉もかけられた。

「この頃、なんだか愛嬌(あいきょう)が出てきたな。お得意さんも褒めてたぞ」

おれはすかさず切り返す。

「まてまた、そんなことをおっしゃって。おだてたら、もっとがんばっちゃいますよ？」

上司はニヤリと笑って去っていく。

おれは家で、座敷男にこう言った。

「ここのところ、確実に腕を上げてきてるようですね。おかげさまで、ぼくにも運が向いてきたみたいです」

「そうですか？　でも、私は何もしていませんが……」

困惑気味の男に向かって、おれはきっぱり断言する。

「いえ、すべては座敷男さんのおかげです」

「それなら、うれしいですけど……」

男に自覚はないようで、曖昧（あいまい）に微笑（ほほえ）むだけだった。

本を間違えて注文し、同じものが2冊も届いた。

おれは隣の席の同僚に事情を話し、ひとつを譲る。

「わっ、この本、気になってたんですよ！」

そこから話が広がって、思わぬ共通点が見つかる。親しみが湧き、仕事での連携もとりやすくなる。

ランチでよく行く店が、臨時休業で休みだった。

まあ、そんなこともあるかなと、おれはあたりを散策し、新しくできた店を発見する。入ってみると予想外においしくて、みんなに教えて感謝をされる。

おれは毎日のように男に話した。

「今日もいいことがありましたよっ」

男もうれしそうに耳を傾ける。

そんなある日のことだった。

おれは上司に呼びだされ、半期の評価表を渡された。

おそるおそる覗きこみ、目を丸くした。

これまでは、最低ランクが常だった。

しかし、そこに書きこまれていたのは、それよりも2段階も上の評価だったのだ。

「この調子でがんばれよ」

上司は、おれの肩をポンと叩いた。

その日の夜は、畳に座って祝杯をあげた。

無論、座敷男とだ。

男は酒を飲むことはできなかったが、大いに祝福してくれた。

「そんなに評価が上がるだなんて、なんと喜ばしいことでしょう！　努力のたまものですね！」

興奮する男に、おれは言う。

「いやいや、自分ひとりでは永遠に不可能でしたよ」

「そんなことはありません」

「そんなことがあるんですってば」

酒はどんどん進んでいく。

おれは言う。

「座敷男さんと出会えて、よかったなぁ……あなたが来てくれなかったら、今ごろ悲惨な人生を歩んでましたよ」

「大げさですよ」

そう言いながらも、男は顔をほころばせる。

いつしか視界は、酔いでぐるぐる回りだす。

おれは自然と、こうつぶやいた。

「幸せだなぁ……」

そして、そのうち眠りについた。

次に目を覚ましたときには朝だった。

二日酔いの頭痛に襲われながら、おれは眠い目をこすりながら座敷男に声をかけた。

「すみません、いつの間にか寝てしまったみたいです……さあ、今日もがんばっていきますか！」

しかし、いつもと違い、座敷男はなぜだか姿を現さなかった。

「座敷男さん？」

やはり返事はなく、おかしいな、と思いはじめる。

なんで出てこないんだろう？

そのとき、おれは畳と畳のあいだに何かがはさまっていることに気がついた。

「なんだこれ」

それは紙で、広げてみるとこんな文字が飛びこんできた。

――短い間でしたが、大変お世話になりました。

えっ、と思い、一気に頭が冴えてくる。

それは座敷男からの手紙だった。

――急なことではありますが、このたび神様への昇進通知が届きました。希望していた福の神です。思ってもみなかったことで、私自身、とても驚いているところです。

ついては、と手紙はこうつづいていた。

――神様としての最初の勤務地に急遽、赴任することになりました。お別れのご挨拶もできずに申し訳ありません。私はいなくなりますが、あなたなら、変わらずご自身で幸運を招きつづけることができるでしょう。どうか、これからも末永く幸せに暮らしてください。

おれは胸がしめつけられた。

勝手に押しかけてきて、居候して、別れも告げずに行くなんて……。

これからは、夜中も静かになることだろう。

階下の人に苦情を言われることもなくなるだろう。

でも、さみしくなるなぁ……。

ただ、おれは同時にこうも思う。

新天地で、彼がどうか活躍できますように――。

手紙の最後は、こんな言葉で結ばれていた。

「追伸。たくさんの幸運をもたらしてくれ、本当にありがとうございました。私にとっての座敷童子。それはたしかに、あなたでした」

おれが座敷童子ねぇ。

まさか本家にお墨付きをもらえるなんて。

というか、まあ、とっくに童子って年齢じゃないんだけどな――。

おれはその場に立ち上がり、照れくささをごまかすために畳の上を駆けてみた。

ドタドタという音がして、イグサの匂いがむんと香った。

Episode 9

目の代行

私は目頭を指でぎゅぅっと押しこんだ。

ああ、疲れた……。

デスクワークは、朝からずっとつづいていた。

パソコンに表示されるデータを見つめ、資料をつくる。

毎日、同じことの繰り返しだ。

そのせいで、私はもう何年も眼精疲労に悩まされつづけていた。

視力こそなんとか保っていたが、整体などに行くと必ず目の疲れを指摘され、ひどい肩こりも目の酷使が原因だと言われていた。

何か、いい策はないものか。

整体師に尋ねてみても、パソコンをなるべく見ないか、休憩をこまめにはさむようにとしか言ってくれない。

できるものなら、そうしたいのは山々だ。

が、大量の仕事をこなすためには避けようがなく、疲労はどんどん蓄積していた。

近ごろは、化粧室で鏡を見るたびに、ぞっとする。

そこに映る自分の目元には恐ろしいほどの隈(くま)があり、瞳からは生気のかけらも感じられない。

ヤバイなぁ、と私は思う。

死んだ魚の目みたいになってるじゃん……。

そんな私の苦し紛れの対策が、帰宅してからのアイマッサージだった。

ソファーに寝ころびそれをしながら、私は心の中でひとりごちる。

ああ、しんどい……。

そのときだった。

突然、声が聞こえてきた。

「目の疲れにお悩みですか？」

私はたちどころに起き上がった。

なになに⁉　誰の声⁉

周囲を見回すと、何者かの影が視界に入った。

それを見て、私はぞぞっと悪寒(おかん)が走る。

立っていたのは、気持ちの悪い何かだった。

体形こそ、太った人間の姿に似ていた。

が、露出したその全身についていたのは、たくさんの目だったのだ。

その無数の目が、いっせいにぎょろりと私を見つめた。

「驚かせてしまって、すみません」

そいつは言った。

「初めまして、私、百目という妖怪でございます」

私は呆然とそいつを見つめた。

百目……。

たしかに、そいつは全身に百の目を持っていそうに見えた。

私は最大限に警戒しながら、百目と名乗ったそいつに言った。

「何なんですか!? どうやって入ってきたんですか!?」

百目は、落ち着いた様子を崩さず答える。

「その点については、まったく難しいことではありません。私は妖怪でございますので」

そんなことより、と百目はつづける。

「私からの、先ほどの質問についてはいかがでしょうか」

「質問……?」

「目の疲れにお悩みですか、と」

思わぬ問いに、私は戸惑う。

当然ながら、警戒心はまだまだ消えずに残っていた。

その一方で、返事をしたいと思っている自分もいた。

目の疲れに悩んでいるか、否か……。

そう問われれば、迷わずイエスだったからだ。

「……目は疲れてます」

私は答えた。

「……ですが、それが何なんですか？」

その瞬間、百目の全身の目がキラリと光ったように感じた。

「でしたら、ぜひオススメしたいものがございまして。もしよろしければ、あなたのその疲れを取って差し上げましょう」

「えっ？」

百目はつづける。

「私どもは、そういったサービスを行っておるのです。目のプロフェッショナルとして」

「サービス……？」

私は自分の中で少しずつ、警戒心より興味が勝っていくのを感じていた。

目の前に現れたのは、たしかに異形の存在だった。

しかし、目の疲れという積年の悩みに言及されると、話はちょっと違ってくる。

百目は、いかにも自信ありげに胸を張った。

「目のことならば、何でも私どもにお任せください」

私はだんだん、話だけなら聞いてみてもいいんじゃないかと思いはじめた。

そして、気づくとこう口にしていた。

「あの……それ、詳しく教えていただけますか？」

「もちろんでございます」

百目はうなずき、話しはじめる。

「私どもは、百目代行サービスというものを営んでおりまして。御目をお預かりするサービスです」

「オメ……？」

「目のことでございます」

なるほど、と思いつつ、私は尋ねる。

「その、目を預かるっていうのは、どういうことですか？」

「言葉の通り、御目をお預かりさせていただくということです。眼球をくりぬいて」

「えっ⁉」

私の背筋は凍りつく。

眼球をくりぬく⁉

瞬時のうちに、世にも恐ろしい映像が思い浮かぶ。

この百目が、くりぬいた眼球をねぶっている光景だ。百目はそのおぞましい戦利品の味をたしかめるように、舌の上でおいしそうにころころ転がす……。

絶句して、身の危険を感じはじめていたときだった。

百目が「おっと」と口にした。

「これはこれは、失礼いたしました。大事な説明がすっかり抜けてしまっておりました。そのせいで、あらぬ誤解を招いてしまったようですね」

百目は言う。

「言葉にすれば驚かれるかもしれませんが、そうたいそうなことではございませんので、ご安心ください。いえ、たしかにくりぬきはさせていただきます。ですが、痛くもかゆくもないのです」

「……でも」

私はかろうじて、こう言った。

「痛くないわけないですよね？　それに、くりぬかれたあとはどうなるんですか……？」

「その点もご心配なく。御目をお預かりしているあいだは、一時的に代眼をお貸しさせていただきますので」

「ダイガン……？」

「代わりの眼球のことでございます。人間界で例えますと、御車を預けたときに貸しだされる代車のようなものでしょうか。もちろんご自身の御目ではありませんので少々の違和感は出てき得ますが、日常生活を送るうえでは代眼があれば何の不自由もございません。こちらが、その代眼です」

そう言うと、百目は自分の身体の目のひとつに手を近づけた。

次の瞬間、百目はその手をにゅるっと突っこみ、部品を外すような気軽さで眼球を取りだした。

見ているだけで痛そうだったが、百目はまったく意に介さない。

「本当に痛くはない……ってことなんですか？」

「ええ、まったく」

「なるほど……」

　百目が平気だからといって、自分が同じことをされて痛くない保証なんてどこにもない。が、とりあえず、私は再び話のつづきを聞いてみようかという気になっていた。

「代わりの目を貸していただけることは分かりましたけど……肝心の私の目はどうなるんですか？」

「おっと、その説明が抜けてしまっておりました」

　百目は言う。

「お預かりした御目は、私どもが責任をもって癒(いや)させていただきます」

「どうやってですか……？」

「たとえば、ひとつは目薬です。もちろん、人間界で市販されているようなものではございませんよ。百目族に代々伝わる方法で妖草(ようそう)を調合してつくった秘伝の目薬です。これを定期的にさすことで、短期間での疲れの回復を目指してまいります」

　それから、と百目はつづける。

「秘伝のマッサージも行います」

「眼球にですか……？」

「いえ、眼球を直接刺激するわけではなく、周辺をもみほぐすことで間接的に御目そのものの疲れを取ってまいります。それだけではなく、ほかにも、お預かりしている期間は自然の緑をたくさん見るようにさせていただきます。蒸しタオルで、血のめぐりをよくしていったりもしてまいります」

私は思わず笑ってしまいそうになる。

百目が横になり、百個の目に蒸しタオルを置いている光景が頭をよぎったからだ。

百目は百の蒸しタオルを、同時に用意したりするのだろうか？

そんなことを考える。

もしそうならば、蒸しタオルを作るためのレンジはどうするのだろう。いや、妖怪だからレンジを使わなくても蒸しタオルくらい作れるのだろうか？

とりとめもなく空想を広げていると、ちなみに、と百目は言った。

「もし疲れ以外にも目のことでお悩みがありましたら、お預けいただく前におっしゃってください。できる限り、対応させていただきますので」

「ほかに何をしてくれるんですか？」

「よくあるご依頼は、代わりに眼科へ行って検診を受けて来てほしいというものです。昔と違って、近ごろは人間界もせわしないようですからね。視力検査をしたり、眼底検査をしたり、あるいはそれらを経てコンタクトレンズやメガネの処方箋(しょほうせん)をもらってきたりするわけです。最近では、怖いからとおっしゃってレーシックを代わりに受けてきてほしいというご依頼もあったりしますし、白内障（はくないしょう）や緑内障（りょくないしょう）の手術を我々が代わりに受けてくることもございます」

「ははあ……」

私があることに気がついたのは、そのときだった。

百目の目の中で、ほかとは少し違っている一対の目を見つけたのだ。

それらの瞳は、美しいブルーをたたえていた。

「あの、この目は……」

百目は、ああ、と得心（とくしん）したようにうなずいた。

「今まさにお預かりしている、お客様の御目でございます」

青い目はぱちぱちとまばたきをする。

「江戸の終わりに開国してから、この国もずいぶん国際色が豊かになりましたが、いやいや、じつに結構なことでございます。私どもも人間界を見習って、異文化の方々と積極的に交わって見識を広げていかねばなりません。ちなみに、私の目下（もっか）の野望は、メガネの本場ドイツに留学することです。ドイツではメガネをつくるにも国家資格が必要とのこと。私もメガネのマイスターに教えをこうて、さらなるスキル向上をしたいと思っております。そのためには、まずは社内の留学制度に応募するための勤続年数４００年を超えねばなりません。それから、留学先で必要な資金を貯(た)めることもです。弊社(へいしゃ)は歩合制ですので、ライバルたちに負けぬよう、さらにがんばっていかねばなりませんし、どんな方がお相手でも全力で向き合わせていただく所存です。こちらの御目などは、まさしくその一例でして」

百目は下部に位置していた一対の小ぶりな目を指さした。

それらは金色で、瞳孔(どうこう)が縦長になっている。

その目にぎょろりとにらまれて、私は、あっ、と声をあげた。

「もしかして、これって猫ちゃんの……」

「ええ、先日契約を結ばせていただいたばかりの新しいお客様でございます。プロフェッショナルとして、新規顧客の開拓精神を持ちつづける。これも私の信条のひとつです。おっと、少々自分の話が過ぎたようです。失礼いたしました」

私はひとり、いろいろなことを考えていた。

百目はほかにもたくさんいて、会社組織にもなっている……。

しかし、それよりも私の心を占めていたのは別のことだった。

仕事に対する百目の貪欲(どんよく)さだ。

どうしても、私は自分自身と比べてしまった。

自分は日々、言われがるままに仕事をこなすのであっぷあっぷになっている。この先のキヤリアプランを考える余裕もなく、野望なんてこれまで抱いたことさえない。

このまま、擦り切れていくだけでいいのだろうか……。

受け身の人生でいいのだろうか……。

私は自然と、百目のほうを見やっていた。

最初は不気味なだけだった百目のことが、いまはなんだか輝いて見えた。

「あの、百目さんと契約するにはどうすればいいんですか？」

私はそう聞いていた。

まずはこの、ひどい眼精疲労を取ってもらおう。

そこから、また新たな一歩を踏みだそう。

そんなことを考えてのことだった。

「何か、こう、契約書みたいなものがあるんでしょうか？」

百目は首を横に振る。

「いえいえ、目約束だけで結構です」

またよく分からない用語が出てきたぞ、と私は尋ねる。

「なんですか、それ」

「人間界でいう、口約束みたいなものです。目は口ほどにものをいう、と言いますでしょう？　目と目を交わせば、契約成立でございます」

「はあ……あっ、それと最後に」

「なんでしょう」

「お値段をお聞きしてもいいですか？」

「お代でしたら結構です」

「えっ？」

私は混乱してしまう。

「無料っていうことですか？」

「そうでございます」

「えっと、あの、いいんですか……？」

「もちろんです」

こちらとしては、うれしい限りだ。

でも、先ほど聞いた海外留学の資金は、いったいどうやって貯めるつもりなのだろう……。

いや、まあ、あんまり立ち入ったことを聞いてもな。

そう思い、私は言った。

「分かりました……それじゃあ、ぜひお願いします。契約させていただけますか？」

「ありがとうございます。たしかに、承りました」

その瞬間、百目の目が光ったように感じ、私はそのすべての目と自分の目が合ったことを本能で感じた。

「これにて契約完了です。では、しばし御目を閉じていてください」

言われた通りに目を閉じると、百目の手が両目に触れた。

「失礼いたします」

にゅるっとその手が目の奥にまで入ってきて、かぽっと眼球が取り外されるような感覚になる。

直後、今度は逆に、空いたところに何かがぱちっとはまるような感覚がある。

「代眼を入れさせていただきました。どうぞ、御目を開けてください」

おそるおそる、目を開けた。

思ったほどの違和感はなく、ふつうに視界は良好だった。

「たしかに、ここへお預かりさせていただきました」

百目の指し示した先には、一対のぱちくりしている目があった。

目だけであるにもかかわらず、私はそれが間違いなく自分の目だと直感した。

私は〝私の目〟と目が合って、どきっとする。

百目が言った。

「疲れが取れた頃合いに、またお伺いさせていただきます」

百目は、すぅっと姿を消した。


それからの日々を、私は楽しみに過ごした。

長年悩まされつづけてきた眼精疲労と、もうすぐおさらばできるのだ。

百目が再びやってきたのは、ある日の朝のことだった。

私が朝食をとっていると、背後から声をかけられた。

「どうも、お待たせいたしました」

同じようなシチュエーションは二度目だったが、私はまたもや心臓が止まるかと思った。

「百目さん！　びっくりさせないでくださいよ！」

百目は恐縮したように頭を下げた。

「これはこれは、失礼いたしました」

いったん気持ちを落ち着かせると、私は前のめりになって百目に尋ねた。

「それで、私の目はどうなりましたか⁉」

「もちろん、疲労はすっかり回復しましたよ」

私は百目の身体に見入る。

先日と同じところに私の二つの目があって、こちらをじっと見つめてきていた。

ただ、私は首を傾げた。

なんだか少し、目が赤くなっているように見えたのだ。

「あの、なんだか充血してないですか……？」

「ええ、そうですね」

平然とうなずかれ、不安になる。

「そうですねって……大丈夫なんですか？」

「もちろんです。それは昨夜おこなった、最終仕上げの影響に過ぎませんので」

「仕上げ？」

「ええ、ヒューマンドラマの映画をたっぷり見させて号泣させておきました。涙は最良の目薬なのです」

「ははあ……」

「では、御目をお戻しさせていただきましょう」

促され、私はさっそく目を閉じた。

にゅるっと百目の手が入りこんでくる。代眼がかぽっと取り外されて、代わりに私の目がぱちっとはまる。

「おっと、まだ御目は開けないでくださいね」

「どうしてですか？」

「まあまあ。とにかく、こちらにいらしてみてください。足元にお気をつけて」

「はい……」

私は百目に手を引かれ、よく分からないながらもゆっくり歩く。

ベランダに出たことが分かったところで、百目は言った。

「さあ、いいですよ。どうぞ、御目をお開きください」

私は、おそるおそる目を開けた。

その瞬間のことだった。

飛びこんできた光景に息をのんだ。

広がっていたのは、上層階から見下ろした、見慣れた都会の街並みだった。

しかし、いつも見ているくすんだものとはまったく景色が違っていた。

朝陽に輝く赤い看板。まばゆいばかりの緑の街路樹。小学生たちの黄色い帽子……。

街は鮮やかな色に染めあげられて、躍動感で満ちあふれていた。

呆然としている私に百目が言った。

「いまご覧になっているのが、世界の本来の姿です」
その言葉は、ずしんと私の胸にのしかかる。
衝撃だった。
くすんだように見えるのは、街がくすんでいるからなのだと、ずっと思いこんでいた。
でも、そうじゃなかった。
くすんでいたのは街ではなくて、見ている私のほうだったんだ——。
「目のくすみは心のくすみ、心のくすみは目のくすみ、でございます」
私はなんだか、いろんなことががんばれそうな気になってきていた。
活力が内側からみなぎってきていた。
よし、私もやる……やってやるぞ——。
妙なことに気がついたのは、そのときだった。
「あれ？」
目にゴミが入ったのかと思って、ごしごしこすった。
が、それは消えずに視界の隅(すみ)に残っていた。
おかしいな、なんでだろう……？
私は百目に聞いてみた。

「あの、右下のほうに、変なマークと文字が見えるんですけど……」

「おっと、その説明が抜けてしまっておりました。それはスポンサー様のものでございます」

「スポンサー？」

私は視界の隅をもう一度見る。

そこには、ぬりかべのようなマークと一緒に、こんなことが書かれている。


〜壁とともに生きる明日へ〜

ウォール株式会社

百目は言う。

「私ども百目代行サービスをご利用いただいたみなさまの御目には、自動的にスポンサー様の広告が表示されるようになっているのです」

「ええっ？」

私は変な声をあげてしまう。

「そうなんですか？」

「はい、私どもは広告収入を事業の基盤にしておりまして。みなさまに無料でサービスをご利用いただけるのも、スポンサー様のおかげなのです」

なるほど、そういう仕組みだったのか……。

そう思いつつも、私は尋ねる。

「でも、これって消せるんです……よね？」

「もちろんでございます」

百目は悪びれもせず口にした。

「私どもの事業を支えるもうひとつ――有料のプレミアムプランにご加入いただけましたらば」

Episode 10

スノービューティー

うーん、微妙。

やっぱり、ないな。

この人もパス――。

私は早々に判断を下して男の人にサヨナラをする。

そもそもスペックが足りてないのに、よく声をかけるよなぁと、心底思う。

本気でこっちと釣り合うとでも思っているのか……。

収入、経歴、ルックス、性格。

せめてそれくらいは、最低限のラインを越えてからデートに誘ってほしいものだ。

思えば、昔からそうだった。

小さい頃から常に学校一の美女だと言われてきた私は、男子たちからもひっきりなしに告白された。が、誰もかれも自分自身のランクがぜんぜん分かっていない人ばかりだった。

中には、まあまあの人もいるにはいた。でも、いざ付き合ってみると期待外れで、どれも長つづきはしなかった。

三十歳を過ぎてくると、結婚する同世代も増えてきた。

そんな中、いまだに私は独身のままでいる。

別に、そういうポリシーがあるわけじゃない。パーティーや合コンなんかで出会いも多いし、同じ会社の人たちも寄ってくる人は後を絶たない。

それでも結婚はおろか、多くの場合は付き合うまでにも至らないのは、単に釣り合う人がいないからだ。

男の人にも、もっとがんばってほしいものだな、と私は思う。

こっちはエステにヨガ、スキンケアにサプリメントと、いつまでも若く美しくあるためにこんなに努力をしてるのに。

その甲斐あって、私はいまでも若々しさを保っているという自負がある。さすがに二十歳くらいの子の肌のハリには敵わなくなってきたけど、実際に実年齢より若く見られることは頻繁にある。

だからこそ——。

私は十年ぶりに開かれる高校の同窓会を、とても心待ちにしていた。

もちろん、同級生の男子たちが目的でも、友達との再会が目的でもまったくない。

みんなからの美への称賛が楽しみで仕方なかったのだ。

やがてその日がやってくると、私は足取り軽く会場に向かった。

中に入ると、自信をもって颯爽と歩いた。

「わっ、桑野だっ！」

さっそく、男子たちがささやいているのが耳に届く。

「昔とあんま変わってないなぁ……」

「さすがはマドンナ」

「まだまだ二十代でいけそうだなぁ」

馴染みの女子グループの輪に加わってからも、みんなからは口々にこう言われた。

「洋子ちゃん、いつまでたってもきれいだねー」

「もー、なんでそんなに若いの？」

「私なんて、皺とかシミとかが目立ちはじめてさー」

それを聞いて、私は鼻高々だった。

いくつになっても、人から憧れられるというのは気持ちがいい。

それに、と改めて思う。

若く見えるというのは、やっぱり絶対の正義だな、と。

もともとの美にかまけずに、若さを保つ努力をしてきてよかったな。

私は同級生の誰よりもきれいで、誰よりも若いままなんだ——。

と、ひとり悦に入っていたときだった。

友達のひとりが、ふとこんなことを口にした。

「そういえば、若いって言えばさ、氷見さんも若いよねー」

私は首を傾げて、その子に尋ねた。

「氷見さん？」

とっさに記憶を探ってみるも、名前に覚えもなければ顔も出てきやしなかった。

「そんな子いたっけ？」

友達は言う。

「覚えてない？　あっ、でも、昔は地味めだったから、洋子ちゃんとは接点がなかったのかも」

「ふーん」

聞き流してしまおうか、とも思った。

しかし、私はなんだかプライドをくすぐられた。

「……若いって、どういうこと？　童顔ってこと？」

「うーん、っていうより、肌ツヤがきれいで、実年齢よりもだいぶ若く見える感じ。初対面なら、二十歳って言われても、そうなんだーってスルーしちゃうかも」

「ほんとに？」

「一緒に見に行ってみる？」

私はどうしようもなく気になって、うなずいた。

その氷見という子は、別の女子グループの中にいた。

「ほら、あの子。右から三番目の」

教えられるまでもなく、どの子が氷見さんかはすぐに分かった。

たしかにその子は、周りに比べて明らかに若く見えたのだ。

「へぇ……」

私はその場にひとり残って、氷見さんのことを観察した。

顔もふつう、雰囲気もふつう、ファッションもふつう。

私の足元にも及ばない。

それなのに——。

若々しさだけは別物で、私よりもさらに若く、まるでひとりだけ大学生が紛れこんだみたいに見えた。

私は、むくむくと嫉妬心が湧きあがってくるのを感じた。

美しさも、華やかさも、服のセンスだって私がこの場で一番なのに、なんで若さだけこの子に負けなきゃいけないの……⁉

ひとりになったところを見計らい、私は氷見さんをつかまえた。

「ねぇ、ちょっといい？」

氷見さんは振り向いて、声をあげた。

「わわっ、桑野さん！」

「えっ？　私のこと、知っててくれた感じなの？」

まあ、それも当然だろうと思いつつ、私はわざとそう聞いた。

氷見さんは、何度も首を縦に振る。

「そりゃそうだよ！　だって、学校一の美女なんだから！　っていうか、桑野さんが私を認識してくれてたなんて……なんか、すごくうれしい」

さっきまでは認識外だったんだけどね。

そう思いながらも、私は肝心なことを尋ねてみる。

「そんなことより、ちょっと聞きたいことがあるんだけど、いい？」

「えっ？」

とたんに、氷見さんは緊張したような面持ちになる。

「なに……？」

「別に大したことじゃないんだけど」

精一杯に強がって、私はつづける。

「顔、何かやってるの？」

「へ？」

氷見さんは、ポカンと口を開けた。

「やってるって？」

鈍(にぶ)いなぁとイラだちながらも、私は尋ねる。

「ほら、エステとか、日頃のお手入れとかさ。若さを保つために、ぜったい何かやってるよね？　もしかして、いじってるとか？」

思わず露骨な言い方になったけど、氷見さんはそこは気にせず口にした。

「あっ、そのこと……」

やっぱり何かやってるんだ、と私は思った。

「なになに、何やってるの？　参考にしたいから教えてよー」

「そんな、桑野さんの参考だなんて……」

氷見さんは言いよどんだ。

私はしつこく言葉を重ねた。

「もしかして、人に言えないことでもやってるの？」

「そういうわけじゃないんだけど……」

「じゃあ、なに？」

「えっと……」

氷見さんは、とうとう観念したように口を開いた。

「……じつは私、冷凍睡眠しててさ」

「冷凍睡眠？」

予期せぬ言葉に、私は思わず聞き返す。

「それって、酸素カプセル的な？」

氷見さんは、ううん、と首を横に振る。

「冷凍睡眠っていうのは、身体(からだ)を冷凍して仮死状態にすることで……細胞の動きを止めるから、その間は時間が止まったみたいになって、そのぶん老化が防げるの。私、前からそれをやっててさ。夜は冷凍睡眠の状態にしてもらってるから……それで若く見えるんだと思う」

冷凍して仮死状態にする？

時間が止まって、老化が防げる？

本当に……？

いろんな美容法を試してきたけど、そんな方法などこれまで聞いたことがなかった。

「ねぇ、それって誰にやってもらってるの？」

氷見さんはまた言いよどんだが、やがて言った。

「雪女さんに……」

「えっ？」

私はまたもや困惑した。

雪女……？

この子は冗談でも言ってるのだろうか……？

しかし、目は真剣そのものだった。

「雪女って、あの昔話とかに出てくる……？」

尋ねると、氷見さんはこくんとうなずいた。

「そう、私、雪女さんと契約してて……」

私はなんとか頭の中を整理する。

「ってことはさ……氷見さんはその契約してる雪女に、夜な夜な冷凍睡眠をやってもらってるってこと？」

氷見さんは、またこくんとうなずいた。

にわかには信じがたい話だった。

その一方で、どうしようもなく気になっている自分もいた。

どうすれば、私もそれを試してみることができるんだろう……。

こんな子に教えをこうだなんてと、葛藤（かっとう）もあった。

が、私はこう口にしていた。

「ねぇ、それ、どこでできるか教えてくれない？」


氷見さんから聞きだしたその場所は、一等地にあるビルの一角だった。

翌日の仕事帰りに訪れてみると、そこにはこんな看板がかかっていた。

《スノービューティークリニック》

扉をくぐると、受付の人が迎えてくれた。

その人はじつに若々しく、雪のように真っ白な肌をしていた。

「あなたが雪女さんですか……？」

思わず聞くと、その人は無表情のままでこう言った。

「いえ、私はただの受付です。もちろん、つねづね当院の施術を受けてはおりますが。ところで、ご予約のお名前をお聞かせ願えますか?」

「あっ、すみません……桑野です」

「桑野さんですね。お待ちください」

やがて通された一室は、椅子だけしかない殺風景な部屋だった。

私が座って待っていると、どういうわけか、だんだん気温が下がってきた。

いつしか吐く息も白くなっている。

私は寒さに身を縮める。

そのときだった。

なんとなく顔をあげて、目を見開いた。

「あっ……」

いつの間にか、そこにはすらりとした若い女性が立っていた。

その人は真っ白な着物を身に着けていて、長い髪を腰あたりにまで垂らしていた。そして、何より注意を引いたのは、その顔だった。

女性は、ぞっとするほど美しかったのだ。

私は尋ねた。

「雪女さん、ですよね……？」

「はい……」

雪女の声は、か細かった。部屋がしんとしていなければ、聞き逃してしまいそうだ。

「あの、冷凍睡眠っていうのができるって聞いて来たんですが……」

雪女は小さくうなずいた。

「はい、できます……」

「それをやれば、若いままでいられるとも聞いたんですけど……」

「冷凍睡眠をしている間は老化が完全に止まりますので、その分だけ若さを保っていられます……」

私はすっかり舞い上がる。

「やっぱり本当だったんですね⁉」

そして、つい本音がこぼれてしまう。

「私、ずっと若くいたいんです！　あんな氷見さんみたいな子にも、負けたくないんです！　今からでも遅くないですよね⁉」

雪女は無表情のまま返事をした。

「冷凍睡眠は、はじめるのが早ければ早いほど、若いままでいられます……」

私はなおのこと、居ても立ってもいられない気になる。

今この瞬間も、自分はどんどん年老いている……。

そう考えると、ぞっとした。

「やります！ すぐやります！ どうすればいいですか⁉」

「契約を結んでいただければ……」

身を乗りだして、私は言った。

「結びます！ お願いします！」

「分かりました……では、これからは、いつでもお望みのときに呼んでください……」

雪女がそう言った直後だった。

窓もない部屋にいきなりびゅうっと風が吹き、視界は一瞬にして真っ白になった。

次に晴れたときには雪女の姿は消えていた。

頰っぺたに張りついた雪が冷たかった。

部屋から出ると、受付の人が待っていた。

「お手続きはこちらで承ります」

私は書類に必要事項を記入していき、提示された料金を即決で払った。それは決して安い金額ではなかったが、若さが保てると考えると価格なんてどうでもよかった。

「あの、雪女さんにお願いする時間がほかの人とかぶっちゃったら、どうするんですか？」

私は気になっていたことを尋ねてみた。氷見さんをはじめ、冷凍睡眠を望む人は少なくないのではと思ったからだ。

「その点は、ご心配なく。弊社に所属している雪女はたくさんおりますので」

「へえ……」

その雪女の詳しい話も気にはなった。

が、それよりも、今は優先すべきことがある。

時々刻々と、私は老いていっている。

早く帰って、冷凍睡眠をしなければ――。

帰宅するとすぐに寝る準備をして、私は寝室でさっそく雪女を呼びだしてみた。

「雪女さん？」

こんな感じの呼び方でいいのだろうか。

そう思っていると、急に部屋が寒くなってきた。

さっきと同じだ……。

次の瞬間、まばたきをして目を開けると、白い着物姿の雪女が立っていた。

「お呼びでしょうか……」

私は言った。

「冷凍睡眠をお願いできますか？」

雪女は無表情のまま、うなずいた。

「はい……起きる時刻はいかがいたしましょう……」

私はいつもの起床時間を口にする。

「そのくらいに起きられると、うれしいんですけど」

「承知しました……では、横になってください……私が息を吹きかけましたら、一瞬で冷凍状態に入ります……あとは、ご指定の時刻になれば自然と解凍されるようになっておりますので……」

「分かりました」

私はベッドに横になる。

「いつでも大丈夫です」

「それでは……」

雪女はそばに寄ってきて、すぅっと息を吸いこんだ。

そして、次の瞬間、びゅうっと息が吹きかけられた。

すごく冷たい——。

そう思ったところで、私の意識はぷつんと途切れた。

次に気がついたときには、朝だった。

ハッとして時計を見ると、ちょうど起床の時間になっている。

私は昨夜のことを思いだし、身体の感じを確認する。

手足の先が、まだちょっとだけひんやりしていた。

私、未解凍になったりしてないよね……？

ほんの少し怖かったが、特に変わったところはなく、ふつうの睡眠をとったように疲れもちゃんと取れていた。

本当に効果が出ているのかは、一回やっただけでは分からない。

でも、なんとなく、ちゃんと効いているような感じがした。

「絶対に若さを保ってやる」

私は心に強く誓った。

その日から、私は毎夜、雪女を呼びだすようになった。

家に帰るとなるべく早くベッドに入り、虚空（こくう）に向かって声をかける。

「雪女さん」

「はい……」

雪女が現れて、びゅうっと冷気を吹きかけられる。

私は一瞬で凍りつき、気づくと朝になっている――。

そんなことが日常になり、休みの日には平日よりも多くの時間を冷凍睡眠に費やした。

最初のうちは、前と同じようにエステやヨガにも通っていた。

が、そのうち私はそれらをやめて、浮いた時間を冷凍睡眠にあてるようになった。

いくらがんばってみたところで、エステにもヨガにも時間を止める力はない。だったら、冷凍睡眠で時間を止めてしまったほうが、確実に若さを保つことにつながるだろうと考えてのことだった。

頭の中には、ずっと氷見さんの姿が焼き付いていた。

氷見さんは、私よりももっと若いころから冷凍睡眠をはじめていた。

その氷見さんと同じ時間を冷凍睡眠にあてているだけでは、永遠に彼女の若さに追いつくことなど不可能だ。あの子に追いつき追い越すためにも、自分は時間を惜しんで冷凍睡眠をしないといけない。

私はどんどん、雪女の力を借りた。

「雪女さん」

「はい……」

次にあの子と会うときまでには、絶対に逆転してやる。

そして、誰よりも美しく、若々しいままでいるんだ――。

努力が目に見える形で実感できはじめたのは、一年ほどがたってからだ。

一年前と最近の顔写真を入念に見比べて、私は心の中で快哉(かいさい)を叫んだ。

ほとんど何も変わってない！

効果がきちんと確認できると、私はますます冷凍睡眠にのめりこむようになっていった。

それまでよく参加していたパーティーや合コンもすべて断り、冷凍睡眠の時間にあてるようになった。

大事なのは出会いよりも、ときめきよりも、自分の若々しさだ。

時間を浪費して老けていく……それだけは絶対にごめんだった。

しかし、あるとき、そんな日々に衝撃が走った。

お肌を手入れしながら鏡を見ていると、目尻のあたりに前はなかった皺を発見したのだ。

それは人からすれば小さなものなのかもしれなかった。が、私にとっては寝込みそうなほどショックだった。

脳裏には、シワシワの老人の姿が浮かんでくる。

嫌(いや)だ……絶対にあんなふうにはなりたくない……。

冷凍睡眠がまだまだ足りていないのだ、と私は思う。

寝室に走って、すぐに叫ぶ。

「雪女さん！」

「お呼びですか……？」

「今すぐ冷凍睡眠して！」

「はい……」

びゅうっと息が吹きかけられて、冷たい眠りへ落ちていく。

私は毎日仕事を無理やり定時で切り上げ、一直線で帰宅して、すぐに冷凍睡眠をするようになった。

金曜日の夜が来ると、雪女にはこう言った。

「月曜日の朝まで、ずっと冷凍睡眠にしてください！」

「はい……」

私は一度も目覚めることなく、月曜日の朝を迎える。

有給休暇を取得して、丸一日を冷凍睡眠に費やすようになった。

それだけでは足りないと、忌引や特別休暇なども言葉巧みに利用して、そのすべてを冷凍睡眠の時間にあてた。

出会いがなくなっただけでなく、仲良くしていた友達とも疎遠になった。

流行やニュースを追いかける暇がないので、会社でもまったく会話についていけなくなった。

一度、何かの折に、世間をにぎわせているらしい芸能人のゴシップ話になったときだ。

私だけ置いてけぼりにされ、ついこう口にした。

「誰それ？　その人、有名なの？」

すると、みんなのあいだに微妙な空気が流れはじめた。

「なに？　知らないと何かおかしいわけ？」

私はイラつき、みんなに言った。

「っていうか、そんなくだらない話してる暇があったらさ、ちょっとはあんたたちも私みたいに美容に気を使ったら？　意識の低さ、ぜんぶ顔に反映されちゃってるよ？」

とたんに場は凍りつく。

私は気にせず、輪を抜ける。

しょうもない子たちは無駄なことに時間を使って、勝手にどんどん老ければいい。

私は会社ですっかり浮いた存在になった。

誰からも話しかけられずに孤立した。

でも、そんなことはどうでもよかった。

昼休みになると、私は医務室に行ってベッドを借りるようになった。

仕事中でも時間ができれば、空いている会議室を勝手に使って冷凍睡眠に勤しんだ。

恋もせず、遊びもせず、私は美を保つためにひたすら時間を止めつづけた。

歳月はまたたく間に流れていって、あっという間に十年の時が過ぎ去った。

四十歳を過ぎたある日のこと、私の心はずいぶん久しぶりに躍っていた。

十年ぶりの高校の同窓会が間近に迫っていたからだ。

私は鏡に映った自分の姿にうっとり見入る。

十年前の写真と比べてみても、見た目はほとんど変わっていない。

さすがにもう、氷見さんは追い越したことだろう。

これで私が一番だ。

みんな若さにびっくりして、羨望のまなざしを注いでくるに違いない——。

その同窓会の日、馴染みの女子グループからは期待通りの反応が返ってきた。

「洋子ちゃん、ちょっと若すぎーっ！」

「うらやましー！」

「何やったらそんなふうでいられるのー？」

私は適当に返事をしつつ、輪を抜けて会場をひとり歩いた。

氷見さんを探すためだ。

やがて、その姿を発見した。

私の胸は高鳴った。

さあ、こっちの勝ちでしょ⁉

私の若さに、ひれ伏して！

しかし、近づいてみて困惑した。

そこにいたのは、若々しいままの氷見さん――ではなかった。

ほかの同級生と同じように、年を取った氷見さんだった。

若さで圧勝できたことには満足した。

が、その容貌の変化はあまりに不可解で、私は尋ねずにはいられなかった。

「ねぇ、ちょっと、どういうこと？」

振り返った氷見さんは、私を見て声をあげた。

「わわっ、桑野さん！」

そして、目を丸くした。

「すっごく若いね！　どうしたの⁉」

私は氷見さんを連れだして、問いただす。

「聞きたいのはこっちなんだけど……なんでふつうに年老いてるわけ？　冷凍睡眠はどうしたの？」

「冷凍睡眠？」

氷見さんは一瞬きょとんとして、すぐに「ああ」と口にした。

「そういえば、そんなのにハマってた時期もあったねぇ」

「えっ？　やめたってこと……？」

「うん、もう十年くらい前かなぁ。なんか、無理して若くあろうとするよりも、やっぱり年相応のほうがいいなぁって。まあ、今じゃ結婚して子供もできて、くたくたで皺だらけのおばさんになっちゃったけど」

そう言いながらも、氷見さんは幸せそうな笑みを浮かべた。

私は心底イラついていた。

氷見さんだけは、自分と同じ高い意識を持っていると思っていたのに。

こんなひどい裏切りはない——。

その気持ちが顔に出ていたのだろう、氷見さんは勘違いして弁解した。

「あっ！　ごめん！　別に桑野さんが若く見えることを否定するとか、そういうつもりじゃ全然なくって！」

私はそれには答えずに、ひとりその場を後にした。

もういい。

あんなのは相手にするだけ時間のムダだ。

私はイライラを抑えるために、化粧室に足を向けた。

そのときだった。

化粧室の中から、こんな声が聞こえてきた。

「なんか洋子ちゃんさ、きれいはきれいだけど、ちょっと気持ち悪くなかった？」

「分かるわー」

それは間違いなく、先ほどまで自分が一緒にいた女子グループの子たちの声だった。

私は足を止めて、盗み聞きする。

「なんで、あんなに若く見えるんだろうね？」

「どうせ何かやってんでしょ？」

「そこまでして、若さにこだわるんだねー」

「ちょっと異常だよねー」

女子たちの声は止まらない。

「っていうかさ、昔から自分が大好きで仕方ないって子だったけど、明らかにひどくなってるよね」

「ね。話もぜんぜん嚙み合わないしさ。ネットとか見てないのかな？」

「自分に夢中で興味なんてないんじゃない？」

「正直、イタイ感じだよねー」

「それに比べてさ、氷見さんって、いい意味ですごく雰囲気変わったよね」

「うんうん、なんか、毎日が充実してますって感じがにじみ出てて」

「かざらない美しさって、あるんだねー」

「私たちも洋子ちゃんみたいじゃなくてさ、氷見さんみたいになりたいよねー」

「ねー」

私は怒り心頭だった。

陰口を言われていたことに、ではない。

またもや、ひどい裏切りを受けたからだ。

この子たちは、たとえ自分自身は若くあるための意識が低くとも、私の若さへの憧れくらいは持っているものだとばかり思っていた。

なのに、それさえ持ち合わせてなかったなんて――。

私はすぐに会場を出て、家に帰った。

年相応がいいだって？

かざらない美しさがあるだって？

バカバカしい！

若いほうがいいに決まってる！

老けるなんて醜いことに決まってる！

何でみんな、そんな簡単なことが分からないの!?

そして、私はこう考える。

もっと見た目の差が開いたら、さすがにあの子たちでも理解できるんじゃないだろうか。

いや、と私は首を横に振る。

単に差が開く程度じゃ、不十分だ――。

「雪女さん！」

私は叫ぶ。

「お呼びでしょうか……」

「今すぐ冷凍睡眠して！」

雪女はうなずいて、いつもの言葉を口にする。

「起きる時刻はいかがいたしましょう……」

間髪を容(い)れずに、私は答える。

「ずっと起こさなくていいっ！」

誰もかれも、いつまでも美しいままの私に向かって、ひざまずくことになればいい。

若さという絶対の正義を前に、自らの老いに絶望してしまえばいい。

雪女は無表情で返事をする。

「はい……」

その瞬間、びゅうっと冷気が吹きかかる。

不変の若さを手に入れるため——。

嬉々(きき)として、私は永遠の冷たい眠りの中へと落ちていく。

Episode 11

海と野球

カキンと金属音が鳴り響き、おれは青い空へと視線を向ける。

白球が弧を描きながら飛んできて、頭の上を越していく。

急いで走り、拾ったボールをカゴに入れる。

そうこうしている間にも、カキン、カキン、とボールはグラウンドに散らばっていく。

おれは全速力で、転がるボールを追いかける——。

春が終わり、いよいよ高校最後の夏が迫ってくると、練習にもいっそう力が入りはじめる。

平日は朝練からはじまって、放課後になると、おれたちはすぐに教室を飛びだしグラウンドへと直行する。ナイター設備が整っているうちの部では夜遅くまで練習し、そこから各々がさらなる自主練に励んだりする。休日ともなれば、朝から晩までノンストップで練習だ。

そんな中、おれも周囲に負けないように、この二年間ひたすら努力をつづけてきた。きつい練習にも手を抜かず、自主的に設けた日課の素振りや早朝ランニングも一日たりとも欠かさなかった。

すべては、この強豪校でレギュラーの座を勝ち取るためだ。

打順にこだわりなんてなく、ポジションだってどこでもよかった。

とにかく、スタメンで試合に出場し、自分の活躍で勝利をもぎ取る。

それだけを夢見て、がんばってきた。

しかし、現実はどこまでも冷酷だった。

おれはこの二年間で一度もレギュラーにはなれず、ずっと補欠の立場に甘んじてきた。

うちの部では、レギュラーと補欠の間には練習面でも違いがあった。優先的に練習ができるレギュラーに対し、補欠はそのサポートに徹しなければならない場面も多いのだ。

特にフリーバッティングに割かれる時間は圧倒的にレギュラー陣のほうが長く、補欠はこうして球拾いに従事する。

次々と飛んでくる球を処理しながら、おれはいつものように虚しい思いにとらわれる。

なんでおれが、こんなことをしないといけないんだ……。

うちのチームは全員野球を掲げていて、監督からは球拾いも立派な役割だと日頃から言い聞かせられていた。

が、おれはそれが不満だった。

なにが全員野球だ、と、おれは毒づく。

そんなのは、レギュラーになれないやつへのフォローじゃないか。

それに、だ。

突出した個人がいさえすれば、わざわざみんなで戦わなくとも試合に勝てる率は飛躍的に高まるはずだ。

おれはひとり夢想する。

もしも自分が、そんな突出した存在になれたなら。

全員野球なんか否定して、おれだけの力でチームを引っ張ることができるのに――。

妙なことが起きたのは、翌日の早朝ランニングの最中だった。

家の近くのいつもの浜辺を走っていると、どこからか声が聞こえてきた。

「おい、兄ちゃん」

ふだんなら、気にせず通り過ぎていたことだろう。

が、おれはすぐに足を止めていた。

なぜだか、そうしなければいけないような気がしたからだ。

今のは誰の声なのか……。

きょろきょろと周囲を見渡すも、浜辺には誰の姿も見当たらない。

おかしいな……。

すると、再び声が聞こえてきた。

「兄ちゃん、こっちだ、こっち」

それは直接、頭の中に響くようで、海のほうから呼ばれているような感じだった。

なんだろう……。

首を傾げつつ、おれは波打ち際に歩いていく。

そのときだった。

寄せては返す波の中に、黒くて丸い何かが落ちているのを発見した。

打ち上げられたブイとかか……？

無性に気になり裸足で波の中を突き進み、さらにそちらに近づいてみた。

直後、おれは反射的に固まった。

その黒いものがぎょろりと目を向けてきて、視線がぴたりと合ったのだ。

生き物……⁉

「ああ、そうだぜ」

そいつのほうから声が聞こえた。

「ご覧の通り、生き物だ。っつーか、ブイとはずいぶんひでぇじゃねーか。それに、砂浜に打ち上げられてのたうつようなやつらと一緒にされても困るってもんだ。オレは自分の意思で海から上がってきたんだからな」

おれは開いた口が塞がらなかった。

どうして、こちらの考えていることが分かったのか……。

「それくらいは分かるわな」

そいつは、また言う。

「何せ、オレは海坊主様なんだから」

「海坊主……」

瞬間、おれはいつか見た絵が頭の中に浮かんできた。海からざぶりと顔を出し、二つの目を光らせている巨大な影が描かれたものだ。

それは、まさしく海坊主。

たしか、船をひっくり返したりする妖怪だ。

「おうよ」

その相手——海坊主は口にした。

「オレはその、天下の海坊主様ってわけよ」

おれはそいつをまじまじ見つめた。

なるほど、フォルムは絵で見た通りに近かった。

が、それとは決定的に違うところがひとつだけあった。

大きさだ。

おれは海坊主に向かって尋ねた。

「あなたは海坊主の子供、とかですか……？」

「誰が坊主だ。それだと〝海坊主坊主〟になっちまうだろうが」

「海坊主坊主……？」

「おいおい、なに真に受けてやがんだよ。ったく、シャレが分かんねーやつだな」

ぶつぶつ言いつつ、海坊主はこうつづける。

「兄ちゃんが知ってる巨大な海坊主なんてのはな、そもそも存在してねぇんだよ。このサイズが、オレらのスタンダードっつーわけで。あの出回ってるでかいのは、勝手な思いこみの産物だ。オレらのオーラにビビりまくった、おまえら人間どものな。だがな、小せぇからって、ナメてもらっちゃ困るぜ。オレらにかかれば、どんな船でもイチコロなんだからよ」

「イチコロ……？」

「いくらでもひっくり返してやるってもんだ」

海坊主は得意げに言う。

「何も、ショボい小舟の話をしてんじゃねーぞ？　フェリーでもタンカーでも、ナメた船はクルッと瞬時に反転よ。人間どもはこれまた事実をねじ曲げてやがるようだがな、そうやってタイタニック号を沈めたのもオレらだし、バルチック艦隊をやったのも、戦艦大和をやったのも、全部オレらだ。ちなみにここ最近のオレらん中じゃ、バミューダのほうで遊ぶのが流行ってんな。まあ、オレはめんどくさくてパスしてんだが」

海坊主は、せせら笑った。

その口調には妙に説得力があり、おれはぞっとしてしまう。

「つつーわけで、ちょうど退屈してたんだわ。そこにやってきたのが兄ちゃん、あんただ。どうだ、兄ちゃん。暇つぶしに、オレがあんたの力になってやろうか？」

「はあ……」

おれは曖昧な笑みを浮かべる。

「でも、別にぼく、転覆させてほしい船なんてないですけど……」

「なに寝ぼけたこと言ってやがる。そんなことは分かってんよ。オレはな、野球っつーの？　そいつで力になってやろうかって言ってんだ」

「えっ？」

「兄ちゃん、くすぶってんだろ？」

図星を指されて、たじろいだ。

どうしてそれをと思ったが、いやいや、と思い直す。

考えが筒抜けなんだから、それくらいは見抜けて当然か……。

「ほら、どうすんよ。ほらほらほら」

急かされつつも、おれは尋ねる。

「力になるって、何をしてくれるんですか……？」

「それを聞いちゃ、興ざめじゃねーか。そんなのはやってみてのお楽しみだ」

おれは迷った。

妖怪というくらいなのだから、海坊主は、きっと何かしらのことができるに違いない……。

その一方で、どこかうさんくささを感じているのも事実だった。

「おいおい、ひどい思われようだな。別にこっちは兄ちゃんじゃなくてもいいわけなんだが。まあ、今回は縁がなかったっつーことで、ほかのやつに声をかけてみることにすんよ。じゃあな」

海坊主は海のほうに、のそのそと向きを変えはじめた。

それを見て、おれは叫んだ。

「待ってくださいっ！」

「うん？」

振り向いた海坊主に、おれは言った。

「お願いします！　力、貸してください！」

海坊主が何をしてくれるのかは、見当もつかなかった。

妖怪なんかを頼って大丈夫かという不安もあった。

しかし、それ以上に、おれは現状を打破する術を欲していた。

「しゃあねーな」

海坊主は、おれのほうへ向き直った。

「引き受けてやんよ。あとは全部、この海坊主様に任せとけ」

「ありがとうございます！　それで、どうすれば……」

「そこにペットボトルが落ちてんだろ？　そん中にオレを入れるんだ」

周囲を見ると、果たして漂着物らしきペットボトルが落ちていた。それを拾って口のほうを差しだすと、海坊主はにゅるりと中に入った。

「あとは持ち帰ってくれりゃいい」

指示に従い、おれはそのまま自分の部屋へと海坊主を持って帰った。

こうしておれは、部屋のバケツで海坊主を飼いはじめた。

いや、共同生活をしはじめた、と言わねばならない。

そう言えと、海坊主に釘を刺されたからだ。

「オレと兄ちゃんは運命共同体なんだ。そこんところを履き違えんなよ」

結局、どんな形で力になってくれるのか。

それについては、何も教えてくれやしなかった。

「そのうち分かんよ」

その一点張りだった。

にもかかわらず、海坊主はおれにいろいろなことを要求してきた。

毎日、海水を汲んできて、バケツの水を入れ替えること。

部活に行くときは、保冷機能のある水筒に入れて持っていくこと。

中でも食事は厄介で、エビやカニ、マグロやウニなどを食べさせろと言ってくるので、おれはずいぶん困らされた。

親の目をごまかしながらそれらを実行しつづけるのは、決して簡単なことではなかった。

魚介類を買うのには、当然ながらお金もかかった。

それでも、おれは藁にもすがるような思いで、言われるがままに従った。

「その調子でつづけてりゃ、きっといいことがあるぜ」

海坊主はご満悦の様子でそう言った。

その後も何も起こらないまま、おれは野球漬けの日々を過ごしていった。

他校と練習試合をすることになったのは、そんなある日のことだった。

その試合中、いつもながらベンチから形ばかりの声援を送っていたときだ。

いきなり、監督から声がかかった。

「次は、おまえが代打で行ってこい」

練習試合とはいえ出場できるのは久しぶりで、おれは心が浮き立った――りはしなかった。

試合は5点差という大量ビハインドの9回裏。ワンアウトで、ランナーはなし。

明らかに負けが確定している、まったくやる気の出ない場面だったからだ。

こんなところで代打だなんて、何を考えてのことなのか……。

監督の意図は分からなかったが、とにもかくにも、前のバッターが三振してツーアウトになったところで打席に向かった。

しかし、簡単に追い込まれ、あっという間にノーボール、ツーストライクになってしまう。

やる気が出ないのはたしかだった。が、何も結果を残せなければ、それはそれで印象が悪い……。

おれは知らず知らずのうちに力んでいた。

そして、気づいたときにはボール球を引っかけて、内野ゴロを打っていた。

ああ、終わった——。

一塁に駆けていきながら、おれは半ばあきらめた。

あっ、と思ったのは、そのときだった。

目の前で、相手のファーストがボールを後ろにそらしたのだ。

「回れ回れ！」

一塁コーチャーが腕を振り、おれは二塁に向けて走った。

ベースに到着したところで振り向くと、守備陣はまだもたついていた。

行ける、と、おれは瞬時に判断した。

次の瞬間には走りだし、ギリギリのところで三塁を陥れることに成功した。

わぁっ、とベンチが盛り上がる。

ナイス走塁、という声が聞こえる。

おれは心も身体も熱くなる。

そこからは、あれよあれよという展開だった。

次の打者がヒットを放ち、おれは難なく生還した。

その後もヒットやエラーがつづいて点差はどんどん縮まっていき、1点差になり同点になり、ついにサヨナラ勝利を収めてしまった。

まさかの大逆転劇に、相手チームはさることながら、うちのチームも呆然(ぼうぜん)となった。

試合後に、監督からはこんな声をかけられた。

「おまえのプレーが流れを変えたな」

おれは高揚感に包まれながら、最高の気分で帰宅した。

家に着き、いつものように海坊主を水筒からバケツに移していたときだった。

突然、海坊主が話しかけてきた。

「まあ、あんな感じだ」

まったく意味が分からずに、おれは尋ねた。

「あんな感じ……って、何のことです？」

海坊主はすぐに言った。

「パードゥン？」

「えっ？」

「いやいや、びっくりしすぎて、つい英語が出ちまったわ。兄ちゃん、まさかとは思うが今日の活躍、自分の力だと思いこんでんじゃねぇだろーな？」

その問いかけに、おれは答える。

「違うんですか……？」

「違うに決まってんじゃねーか。全部、この海坊主様のおかげよ」

海坊主は自信満々にそう言った。

「どういうことですか……？」

おれは首を傾げる。

「海坊主さんは別に関係ないですよね……？」

「ったく、まだ分かんねーのか。オレが力を使ってやったんだよ。オレがひっくり返せるのはな、なにも船だけじゃねーってことだ。試合もなんだわ」

「ええっ？」

「感謝しろよ。っつーことで、明日はタイでも買ってきてくれ」

そう言うと、困惑するこちらをよそに、海坊主はバケツの底で目を閉じた。

おれは海坊主の話をすんなり信じたりはしなかった。

まさか、そんなことがあるはずない……。

そう思いこんでいた。

またすぐに同じようなことがあるまでは。

事は、次の試合――チーム内での紅白戦のときに起こった。

その日、レギュラー陣の対戦相手にも選ばれなかったおれは、違う場所で別のメニューをこなしていた。

すると、チームメイトが走ってきて、レギュラー側の代打に呼ばれていることを告げられた。

おれが代打？　レギュラーチームの？

何の冗談かと思ったが、おれは急かされグラウンドに慌てて走った。

着いてみると監督からも同じことを告げられて、冗談などではなかったことが判明した。

試合はレギュラー側が負けていた。

なおのこと、なんで自分が呼ばれたのか……。

そう訝(いぶか)しみながらも打席に立った直後だった。

カキンと気持ちのいい音がして、おれはセンターへのクリーンヒットを打っていた。

そして、それをきっかけに打線が奮起し、またたく間に逆転して勝利を収めた。

レギュラー陣からは試合後に、こんな声をかけられた。

「ナイスバッティングだったなー」

「おまえの一打で目が覚めたよ」

「気持ちが奮い立ったわ」

帰宅すると、やはり海坊主が口にした。

「オレのおかげで、ひっくり返せてよかったな。また、いい飯を期待してるぜ？」

その時点では、まだ疑っていた。

が、次の試合でも代打に呼ばれて逆転の起点となれたときには、さすがに海坊主の言葉を信じはじめている自分がいた。

あえて海坊主を連れていかなかった四度目の試合では、代打の声はかからなかった。

再び連れていった五度目の試合では、やはり代打に呼ばれて、試合をひっくり返す逆転打を放つことができた。

おれはようやく、海坊主の言葉を完全に信じた。

「疑ったりして、すみませんでした……」

謝ると、海坊主はせせら笑った。

「だから最初から言ってんだろーが。ったく、人間どもの愚かさには、つくづく愛想がつきるね。なんか、めんどくさくなってきたわ。海に帰っちまおうかな」

おれは焦った。

せっかく存在をアピールできはじめた矢先に、それだけは絶対に困る……。

「お願いします……」

頭を下げて、懇願（こんがん）した。

「……どうか、力を貸してください」

海坊主はしばらく黙って、やがて言った。

「ったくよー、今回だけだぜ？　次からは、黙ってオレの言うことを聞いときな」

「ありがとうございます……！」

夏に向けた地方大会の日が近づくにつれ、練習にもいっそう熱がこもる。

休日に行う他校との練習試合だけでなく、平日の練習でも紅白戦がどんどん増えた。

おれは練習試合では代打として、紅白戦ではレギュラー陣の対戦相手として継続的に起用されるようになり、多くの場面で結果を残した。

そのたびに、おれはこんな確信をますます深めた。

やはり野球は個人プレーが大切だ、と。

たしかに打線はつながらないと意味がない。勝利は、投打が噛み合ってこそつかめるものだ。

しかし、流れを変えるプレーというのは確実に存在し、ここのところの試合では、もっぱらおれがそのキーパーソンになっていた。

ほかのやつらは、おれのおこぼれにあずかっているに過ぎない。

試合で勝つことができるのは、ほかでもない、このおれがチームにいるからだ。

それなのに、チームメイトたちはその事実に目を向けず、やれこれはみんなでもぎ取った勝利だとか、やれ結束の力だなどと、のたまった。

そのことが、おれは大いに不満だった。

もっと、おれに感謝しろよ――。

別の不満も徐々に出てきた。

おれが結果を残せるのはいつもではなく、あくまで「多くの場面」であったことだ。

海坊主の力はどこまで行ってもひっくり返すことだけに発揮され、リードしていたり同点だったり、ひっくり返さなくてもいい場面ではまったく発揮されなかったのだ。

そうなると、おれは自分の実力だけでやるしかなくなる。

当然ながら、結果はあまり芳(かんば)しくない。

「海坊主さんの力で、もっとどうにかならないんですか？」

尋ねるも、海坊主はかぶりを振った。

「無理だね」

それを聞いて肩を落とすと、海坊主はすかさず言った。

「なんだ？　文句があんなら、オレは帰ったっていいんだぜ？」

「いえ！　ないです！　すみません！」

おれは現状を受け入れざるを得なかった。

コンスタントには打つことができない。

そのことが理由なのかは分からなかったが、いくら逆境で活躍してもおれはいつまでも代打止まりで、レギュラーへのお呼びの声はかからなかった。

一度、おれは監督に直訴した。

「自分をスタメンで使ってください！　自分がチームを勝たせます！」

監督は即座にこう言った。

「野球はひとりでやるもんじゃない。それが分からないうちは、レギュラーへの道は遠いぞ」

おれは内心で舌打ちをする。

出ました、お得意の全員野球。

そろいもそろって、愚かなやつばっかりで反吐が出る――。

妙案をひらめいたのは、地方大会のスタメン発表を間近に控えた、ある夜のことだった。

我ながら「これは」と思い、すぐにバケツに向かって声をかけた。

「あの、海坊主さん、ちょっとお聞きしたいことがあるんですけど……」

「なんだ、兄ちゃん？」

ぎょろりと目を開いた海坊主に、おれは尋ねる。

「海坊主さんは、ひっくり返すことだったらできるんですよね？　それって、何でもですか？」

「ああ、まあ、基本的にはそうだな」

「……じゃあ、立場をひっくり返してくださいよ」

おれは言う。

「レギュラーの座にいる誰かと、ぼくの立場とを」

海坊主はすぐに答えた。

「そいつは難しいな」

「なんでですか⁉」

「力を継続的に使う必要があるからだ」

海坊主は口にする。

「これまでのことは、ぜんぶ一時的なレベルでよかったろ？　クルッと試合をひっくり返して、それで終わり。船だって、転覆させてそれで終わりだ。だがな、今回はわけが違う。もちろん、ただ立場をひっくり返すだけならできなくはないが、少ししたら効果が薄れて元に戻っちまうんだよ。要は、兄ちゃんの望むようにすんのなら、ひっくり返したままの状態をずっと保たねぇといけねーんだわ。そいつはちょっと、難題だ」

「なるほど……」

おれは唸った。

海坊主がそう言うのなら、相当難しいことなのだろう。

その一方で、こう思っている自分もいた。

難題だろうが何だろうが、こっちの知ったこっちゃない。

少しでも可能性があるのなら、つべこべ言わずにやってみろよ。

そのとき、海坊主が口を開いた。

「しゃあねーな。兄ちゃんだけに教えてやんよ」

「……何をですか？」

「手がないわけじゃねーんだよ」

「えっ？」

おれは思わず声をあげる。

「どういうことですか……？」

「やり方次第じゃ可能でね。いつもオレは、水筒に入って離れたところから兄ちゃんを見守ってやってんだろ？　その距離をもっと縮められりゃ、力も保ってられんだわ」

「そうなんですか!?」

なんだよ、手があるのなら早く言えよ。

そう思いつつ、おれは尋ねる。

「近いって、どれくらいですか？　常に持っておけばいいんですか？」

「いや、不十分だね」

「それじゃあ……」

「オレを被りな」

海坊主はこちらを見据えた。

「頭からオレを被る。それだけで、兄ちゃんの望みは簡単に叶うぜ」

「被る……」

一抹の不安が胸をよぎる。

「そんなことして大丈夫なんですか……？　というか、息もできなくなりそうですけど……」

「なに、別にマスクなんかと変わりゃしねーよ」

「でも、周りの人には何て……」

「ほかのやつには見えねーようにしといてやるから、安心しな」

それならば……。

おれは言った。

「お言葉に甘えて、被らせてもらってもいいですか……？」

「いいぜ。ほら、遠慮せずにさっさとやりな」

促され、バケツの中に手を突っこんだ。

これで、おれもとうとうレギュラーか。

なんだか感慨深いな——。

初めて触る海坊主はひんやりしていて、ゼリーのようにぷるぷるだった。

おれは海坊主を持ち上げた。

そして目を閉じ、ひと息に頭へ被せた。

瞬間、深い海にザブンと飛びこんだかのような感覚になる。

暗い、冷たい——。

意識が急に遠のきはじめる。

何かがひっくり返されていくような感覚にもなる……。

が、それもほんの束(つか)の間で、意識の輪郭(りんかく)はすぐに戻った。

途端に楽しくなってきて、おのずと笑いがこみあげる。

あまりに愉快で、腹を抱えて思わずゲラゲラ笑い転げる。

バカなやつ！

やがて笑い疲れると、そばのバケツを手に取った。

そしてオレは、いらなくなった中の水を、洗面所に流して捨てた。


その夏の大会で、少年は見事にレギュラーの座を射止めていた。

それも、大抜擢の４番である。

急な話にチームメイトたちは戸惑いを隠せなかったが、どういうわけか、少年がいるだけでどんな相手にも勝てそうな気になるのも事実だった。

そして実際、彼の活躍でチームは連戦連勝を重ねていくことになる。

しかし、彼がいてくれてよかったなと心の底から思えた者は、チームにひとりもいなかった。

少年が、極度のオレ様気質であったこと。

それだけでは決してない。

「あいつ、前からあんなに明るいやつだったっけ……？」

「いや、なんか急に変わったよな……」

「明るすぎて、逆に怖くね……?」

ベンチにいても誰も話しかけはせず、近づく者さえいなかった。

が、そんなことは気にもせず、少年は自分の打順が回ってくると打席に向かって歩きだす。

いつものように、愉快げに。

ほんのりと、潮の匂いを漂わせつつ。

Episode 12

のっぺら嬢

お店に向かいながら、私は憂鬱(ゆううつ)な気分になってきていた。

今日も、あの人たちと顔を合わせないといけないのか……。

いやだなぁ、と私は思う。

でも、手っ取り早くお金を貯(た)めるためには仕方ない……。

私がバイトをしているのは、歓楽街にある接客業のお店だった。

高校を卒業してから勢いのままに上京してきた私は、都会での暮らしにさっそくつまずくことになった。

家賃は高いし、食費だって田舎の比じゃない。

仕送りに頼るわけにもいかず、すぐにコンビニでバイトをはじめた。でも、せっかくがんばって稼いでも、たちまち生活費で消えてしまってお金はぜんぜん貯まらなかった。

このままじゃ、海外なんて夢のまた夢だ……。

いいバイト先を見つけたのは、そんな日々に焦りを覚えはじめた頃だった。

高時給の仕事をネットで探しているときに、いまのお店が引っかかったのだ。

水商売とか大丈夫かな……。

お客さんに変なこととかされないかな……。

不安なことはたくさんあった。

でも、高い時給の魅力にはあらがいがたく、私は腹を決めたのだった。

予想に反して、いざ勤めはじめてみるとお店の方針もあって、お客さんから嫌な思いをさせられることはほとんどなかった。

ただ、昔からとろい私はお酒を作っている途中でこぼしたり、うっかりお客さんに失礼なことを言ったりして、よくヘマをした。

「すみません！」

そのたびに慌てて謝る私に、お客さんはよく不満を言った。

「もう、加奈（かな）ちゃん、頼むよー」

でも、口ではそう言いながらも、結局はみんな笑って許してくれるのだった。

だから、仕事自体は苦ではなかった。

しんどかったのは、一緒に働く人たちのことだ。

休憩中や仕事が終わって控室に戻ってくると、先輩たちはしょっちゅう私に嫌味を言った。

その筆頭が、お店で人気ナンバーワンの菫（すみれ）さんだった。

「あんたさー、やる気あんの？」

菫さんは、お客さんの前とは別人のような表情で言う。

「どうやったら、あんなミスができるわけ？」

私はネチネチ言われつづける。

「っていうかさ、あんた、お客さんに甘えすぎでしょ。ミスした立場で、なにヘラヘラ笑ってんの？　あんたがいると、店の空気が悪くなって困るんだけど」

言われっぱなしで、だんだん悔しくなってくる。

でも、私はぐっと我慢する。

「なに？　なんで黙ってるの？　なんか文句でもあるわけ？」

「いえ、すみません……今後は気をつけます……」

私は謝り、そそくさとその場を後にする。

言い争ってお店を辞めさせられたりしたら、せっかくの時給がふいになる。それに、自分がミスをしてしまっているのは事実だから、菫さんの言ってることも全部が全部、間違ってるわけじゃない……。

それでも、やっぱり憂鬱な気持ちを拭い去ることはできなかった。

「はぁ……」

重い足取りで、私はがんばってお店に向かった。

しかし、その日は、出勤するといつもとなんだか様子が違った。

ふだんはめったに顔を出さないオーナーが来ていたのだ。

全員がそろうと、オーナーは言った。

「今日から新人が入ることになったから。ほら、挨拶して」

その隣には女の子がいた。

細い目に、高い鼻に、薄い唇……。

一目見て、お人形さんみたいにきれいだな、と私は思った。

その子は伏し目がちに、ぼそぼそと言った。

「珠子と言います。どうかよろしくお願いします……」

珠子と名乗ったその子は、なんだか自信なさげに見えた。

オーナーがいなくなると、菫さんたちがさっそく大きな声でわざとらしく話しはじめた。

「なにあの子。暗くない？」

菫さんの声に、周りの人たちも同調する。

「私も思いましたー」

「なんであんな子、雇ったんですかね？」

「もしかして、オーナーとデキてるとか？」

確実に聞こえている距離のはずだが、その子——珠子ちゃんは反応せずに、用意されていたドレスに無言で着替えた。

珠子ちゃんがお店に出ると、お客さんのひとりがさっそく彼女を呼び寄せた。

「なになに、新人さん？　きれいな人だねー」

が、彼女はそれには答えずに、うつむき加減でお酒を作りはじめただけだった。そのあいだもほとんど表情は変化せず、リアクションもとても薄い。時おり話しても声は小さく、唇も腹話術のようにほんの少ししか動かない。

お客さんは彼女に調子を乱されて、何も言わずに帰っていった。

そんな事態を、菫さんが見逃してくれるはずがない。

休憩時間に控室で珠子ちゃんと鉢合わせると、菫さんはとたんに作り物の笑みを消した。

「ちょっと新人、なにやってくれてんの？」

菫さんは目を吊りあげる。

「客に対して、なにあの態度。ふざけてるの？」

珠子ちゃんは、おびえたような声で答える。

「いえ……」

「なんでうちの店に来たのか知らないけどさ、ここはあんたみたいなのが来るとこじゃないんだけど」

「すみません……」

「ホントに分かってんの？」

「すみません……」

その後も、菫さんは嫌味を口にしつづけた。

やがて菫さんが去ってから、私は珠子ちゃんに近づいた。

「ねぇ」

珠子ちゃんはビクッとなって、おそるおそる振り向いた。

「な、なんですか……？」

私は自分の名前を伝えて、こう言った。

「ちょっと外の空気でも吸いにいかない？」

「はい……」

その表情はやっぱりほとんど変わらなかったが、声からは困惑している様子がうかがえた。

「大丈夫、私は味方だからさっ」

耳打ちすると、私は珠子ちゃんを連れてお店の裏口のほうに向かった。

その先には、私が休憩でよく訪れる場所――ビルの非常階段があった。

ドアを開けるとよどんだ外気にさらされて、きらびやかな表の街とは正反対の景色が現れる。

錆びた階段、切れかけた電球、雑多に置かれたゴミ袋……。

どこからか、酔っぱらいの騒ぐ声も聞こえてきている。

二人で階段に腰かけると、私は言った。

「最初の日だから、疲れたでしょ？」

「いえ……」

小声で答える珠子ちゃんに、私はつづける。

「さっきの菫さんのことだけど、あんまり気にしないようにね。私もよく言われてるし」

「そうなんですか……？」

「うん。っていうか、そんなことより、敬語なんて私に使わなくていいからねっ」

「えっ？　でも……」

「いいのいいの、遠慮しないで。たしかにお店では私のほうが先輩だけど……そういうの、あんまり好きじゃなくってさ」

珠子ちゃんは、しばらくためらったあとに口を開いた。

「いいんですか……？」

「あっ、さっそく敬語になってるー」

からかいつつも、私は言う。

「分からないことがあったら、なんでも聞いてね。まあ、私もドジばっかりしてるから、えらそうなことは言えないんだけど」

私が笑うと、珠子ちゃんもつられて少しだけ笑ってくれた。


その日から、私は珠子ちゃんと一緒に働くようになった。

珠子ちゃんとは妙に気が合い、距離はすぐに縮まった。

私たちは休憩時間が重なると、よく二人で非常階段で他愛もない話をした。

あるとき、珠子ちゃんがこんなことをつぶやいた。

「加奈ちゃんは明るいし、お客さんにも愛されてるし、すごいよね……それに比べて、私なんて暗いし、気の利いたことだって言えないし、全然ダメだなぁ……」

「ええっ？　私はまったくそんなことないしさ、珠子ちゃんもダメじゃないじゃん！」

私は言う。

「珠子ちゃんって、すごく気配りができる人だなぁって、いっつも思ってるよ」

「気配り……？」

「お酒をついだりおしぼりを渡したりするタイミングとか、絶妙だなって。そういうの、相手のことをちゃんと見てなくちゃできないことだからさー」

「そ、そうかな……？」

自信なさげな珠子ちゃんに、私は重ねる。

「そうだよっ！」

「そっか……それならうれしいけど……私、ずっと人の目ばっかり気にして生きてきたから……」

その言葉には自虐的な響きがあった。

でも、私は気にせずこう言った。

「じゃあ、それがいま、まさに仕事に活かされてるっていうことだねっ」

珠子ちゃんは、しばらくのあいだ無言になった。

やがて、ぽつりとこうこぼした。

「加奈ちゃんって、やっぱりすごいなぁ……」

「だーかーらー、そんなことないんだってばー」

いくら否定してみても、珠子ちゃんはまったく譲ってくれなかった。

あるときは、こんな話にもなった。

「珠子ちゃんは、どうしてこのお店で働こうと思ったの？」

「えっと……」

言葉を詰まらせた珠子ちゃんに、私は慌てた。

「あっ、ごめん、余計なこと聞いちゃったよね……言いたくないことは全然言わなくていいからねっ」

「ううん、そうじゃなくて……私、なんでそう決めたんだろうって、自分でもよく分からなくて……」

でも、とつづける。

「考えてみると、夜のほうが性に合ってたからなのかなぁ……あとは、ぜんぜん違う環境に飛びこんで自分を変えたいっていう気持ちも、心のどこかにあったのかも」

「そっかー」

うなずく私に、今度は珠子ちゃんが口にした。

「加奈ちゃんは？　なんでこの仕事をしようと思ったの？」

「私、夢があって」

「夢？」

「うん、プロのフォトグラファーになって、世界中を回るっていう」

私は、おもむろに話しはじめる。

「昔ね、ちょっと落ちこんでたときに、美術館にふらっと行ったことがあって。たまたま写真展をやってたんだけど、そこに写ってる人たちの表情がすごく素敵で……私、とっても元気をもらって、いつか自分もそんな写真を撮りたいなぁって思うようになったんだ。

いい写真を撮れるかどうかって、もちろん被写体も大事だけど、撮る側の腕もすごく試されるものでね。ほら、写真を撮るときに、ときどき笑ってくださいとか言われるじゃん？　で、逆に表情がかたくなったりして。一流のフォトグラファーって、そうじゃないの。相手に要求しなくても、一緒にいるだけで自然と相手のいい表情を引きだせちゃうものでさ。私もそんなフォトグラファーになりたいなぁって。

それでね、いつか世界中を旅して、いろんな人を撮影するんだー。人種とか、民族とか、そういうのを超えて、あらゆる人の素敵な表情を写真の中に収めてくの。そのためには資金がいるでしょ？　だから、お金を貯めないとって、この仕事をはじめたわけ。

でも、その前に、まずは写真の腕を磨いて仕事の依頼をもらえるようにならないといけないんだけどね。コンテストでも連戦連敗だから、まだまだ道のりは遠そうだけど」

そのとき、私は珠子ちゃんがうつむいていることに気がついて、慌てて言った。

「あっ、ごめん、べらべら自分のことばっかしゃべっちゃった……退屈だったよね……」

するると、珠子ちゃんは「ううん」と首を横に振った。

「そうじゃなくて……私、加奈ちゃんを尊敬する」

「えっ？」

「私はこれまでなんとなくで生きてきたから……やりたいこともないし、夢だって一度も持ったことがないし……だから、夢に向かってがんばってる加奈ちゃんのこと、心の底からすごいなぁって思った」

「えっと、その……」

私は照れて、こう返すので精一杯だった。

「ありがと……！」

珠子ちゃんが私のほうを向いたのは、直後だった。

「ねぇ、加奈ちゃん……」

「ん？」

「じつはね……私、加奈ちゃんに隠してたことがあるの」

珠子ちゃんは静かに、けれど強い口調でこうつづけた。

「私、それがものすごくコンプレックスで、ずっとバレないように、びくびくしながら生きてきて……でも、加奈ちゃんと仲良くなってから、本当にそれでいいのかなって考えるようになって。

いまの話を聞いて、やっぱり、それじゃあダメだって思った。変わりたいって、ハッキリ思った。こんなこと打ち明けられても迷惑なだけだと思うし、絶対に引いちゃうとも思うけど……それでも、加奈ちゃんには聞いてほしいの」

ただならぬ気配を察して、私は無言でうなずいた。

珠子ちゃんは緊張をやわらげるように、大きく息を吸って吐いた。

そして、こう口にした。

「……私、のっぺら坊なの」

ぜんぜん意味が分からなくて、思わず私は聞き返した。

「のっぺら坊……？　それって、あの顔がつるつるの……？」

「うん」

珠子ちゃんはうなずいた。

「でも……」

私は困惑しつつ、こう言った。

「珠子ちゃんの顔、別につるつるなんかじゃないよね……？」

「これ、作り物なの」

そう言うと、珠子ちゃんは自分の顔に手をやった。

その次の瞬間だった。

まるで付けまつげでも剝がすように、珠子ちゃんは自分の目をぺりっと剝がした。鼻も口も次々と剝がされ、珠子ちゃんの顔からはあっという間にパーツが消えた。それはまさしく、のっぺら坊の顔だった。

「これが私の本当の姿だよ」

私は言葉を失った。

のっぺら坊が、まさか実在してただなんて……！

そして、驚きのあとに訪れたのは、感嘆だった。

「すごい……すごいよ珠子ちゃん！」

「えっ？」

今度は、珠子ちゃんが困惑したような声をあげた。

「すごいって、どういうこと……？」

私は興奮を抑えながら口にする。

「だってさ、珠子ちゃん、目に頼らなくても、こっちのことがちゃんと見えてるんでしょ⁉

口を使わなくてもこうやって話もふつうにできてて……ってことは、匂いもかげちゃうってことだよね？　それって、すごくない⁉　なんでなんで⁉」

「えっと、それは……」

珠子ちゃんは言いよどんで、やがて言った。

「なんでだろう……？」

心から困ったような珠子ちゃんに、私は思わず笑ってしまった。

「いや、こっちに聞かれても分かんないよ！」

そうだよね、と珠子ちゃんも笑いはじめる。

「私、これがずっと当たり前だったから考えたことなかったけど……テレパシーみたいなものなのかなぁ……」

二人で、うーん、と考えこむ。

結局答えは出なくって、そのうち私は口にした。

「まあ、そんなのどうでもいっか。っていうか珠子ちゃんさ、前から思ってたけど、お肌すっごくきれいだよね。きめ細かいし、もち肌だし。つるつるの姿になったから、いつもよりもっときれいに見える。もともとスタイルも抜群だしさ、なんかモデルさんみたいだなぁ」

「モデル……？」

「うん、私なんて顔も体形もふつうだし、珠子ちゃんがうらやましいよぉ」

「そんな……」

そうつぶやく珠子ちゃんの顔はつるつるで、一見すると表情なんてひとつもない。でも、私には彼女がいまどんな表情をしているか、手に取るように分かった。

珠子ちゃん、照れてるんだ！

私はつい微笑（ほほえ）んで、珠子ちゃんの顔を見つめつづけた。

それ以来、珠子ちゃんは少しずつ変わりはじめた。

ほかの人といるときは、これまでと同じように、よくできた作り物の目と鼻と口をつけていた。だから、相変わらず表情は乏（とぼ）しいままで、そこはあまり変わらなかった。でも、珠子ちゃんの立ち振る舞いからはおびえたところがなくなって、なんだか堂々としはじめた。

それにつれて、お客さんから指名される機会も増えていった。下手に媚（こ）びない、凛（りん）とした美人がいる。そんな評判も、お客さんたちのあいだで立っているみたいだった。

珠子ちゃんに触発されて、私もいっそう仕事に力が入るようになっていった。ドジをしてしまうこともあったけど、その頻度はずいぶん減った。

しかし、周りの人たちは、それがおもしろくないようだった。

筆頭はやっぱり菫さんで、突っかかってくる機会は前よりだんぜん多くなった。

「あんたたち、なんか最近、楽しそうにやってるねー」

仕事が終わるとすぐに営業スマイルを取り払い、菫さんが口にする。

「いいねー、お気楽で」

私も珠子ちゃんも、当たり障(さわ)りのない返事をする。

「そんなことないですよぉ」

「いっぱいいっぱいって感じです」

話を終わらせようとするも、菫さんはなおもつづける。

「どーせ、遊び感覚でやってるんでしょ？　あーあ、責任がない人たちはうらやましいなー」

私たちは、あはは、と笑って流す。

が、菫さんはすかさず言う。

「は？　何がおかしいわけ？」

菫さんの目つきは鋭くなる。

「あんたたちみたいなのがいたら、店の空気がゆるむんだよね。そういう人は、さっさと辞めてほしいんだけど」

私は珠子ちゃんをつついて、行こう、とこっそり合図を送る。

「お先に失礼します！」

そう言うと、二人で素早く控室を後にする。

私は一度、菫さんたちが私と珠子ちゃんのことを話しているのをたまたま耳にしたこともあった。

「あいつら、ほんと何なの？　お花畑ちゃんはいい気なもんだし、能面女はえらそうに澄ましてるし」

声は控室のドアを隔てて、外までかすかに聞こえてきていた。話の流れで、お花畑ちゃんというのは私のことで、能面女というのは珠子ちゃんのことだとすぐに分かる。

菫さんの周りでは、賛同する声が次々とあがる。

「あの子たち、ぜったい調子に乗ってますよねー」

「あれ、自分たちがお店を回してるって勘違いしてますよ」

「いかにも充実してますって感じも、見ててなんかイライラします」

「分かるー、イラッとするー」

菫さんの声が再び聞こえる。

「特にひどいのが、あの能面女。新人の癖にムダに堂々としちゃってさ。ホント、何様なんだろ。いつも無表情なのも気持ち悪いし。あーあ、痛い目にでもあえばいいのに」

私は気づかれないうちに、そっと離れた。

それ以上聞くと、怒りで中に乗りこんでしまう。

そう思ったからだった。

自分のことは、まだ我慢ができた。

問題は、珠子ちゃんに関することだ。

珠子ちゃんは菫さんに何の迷惑もかけていないし、お店にもしっかり貢献している。そして何より、いまでは彼女は私にとっての大事な大事な親友だ。

そんな珠子ちゃんのことを、あんなふうに言うなんて……。

許せない気持ちは膨らんだ。

が、私はなんとかこらえて仕事に戻った。

珠子ちゃんから声をかけられたのは、ある日の休憩中のことだった。

「加奈ちゃん、ちょっと聞いてほしいことがあって……いま大丈夫？」

「いいよ、どうしたの？」

二人していつものように裏口を出て非常階段に腰かけると、珠子ちゃんが口を開いた。

「あのね……私、やりたいことが見つかったの」

「うそっ！　本当に⁉」

私は思わず声をあげた。

「なになに⁉　教えて教えて！」

珠子ちゃんはひと呼吸置いてから、こう言った。

「私、モデルになりたい」

珠子ちゃんは口にする。

「覚えてる？　前に加奈ちゃんの夢の話を聞いた日のこと。あのときさ、加奈ちゃん、私がモデルみたいだって言ってくれたでしょ？」

そういえば、と私はうなずく。

「私、ずっと誰かに見られることを避けてきたから、注目を浴びる仕事なんて考えたこともなかったんだけど、あのときの言葉がすごく残って……いろいろ考えていくうちにモデルの仕事にだんだん興味が出はじめて、自分がそうなった姿を想像したらドキドキが止まらなくなって……私、やっと気づけたの。無意識のうちに抑えこんじゃってたけど、本当の自分は見られることが好きなんだって。それで、みんなに元気とか勇気を感じてもらいたいって。だから、モデルを目指すことに決めたの——本来の姿で」

「えっ！　それって……」

「うん、私、もう隠すのはやめにする。自分がのっぺら坊だってこと、ずっとコンプレックスでしかなかったけど、加奈ちゃんのおかげで恥ずかしいことなんかじゃないって、心の底から思えるようになったんだ。だから、これとも今日でお別れ」

珠子ちゃんは自分の顔に手をやった。

そして、目を、鼻を、口を、一気に剝ぎとり、そばにあったゴミ袋の中に投げ捨てた。

「それでさ」

珠子ちゃんは言った。

「みんなにカミングアウトする前に、加奈ちゃんにお願いがあるんだけど……」

「お願い……？」

「写真、撮ってほしいんだ」

「へっ？」

「いまの私を、ほかの誰でもない加奈ちゃんに撮ってほしくて。ダメかな……？」

私はすぐに返事をした。

「もちろんだよ！　ちょっと待っててね！」

幸い、カメラはいつも持ち歩いている。

私はすぐに控室からそれを取って戻ってくると、珠子ちゃんに非常階段の踊り場のところに立ってもらった。

撮影ライトは、切れかけている電球だった。

周りもずいぶん薄汚れていた。

それでも、ここで撮りたい――。

私は強くそう思い、夢中でシャッターを切りはじめる。

「いいよいいよ、すごくきれい！」

素直な気持ちを、言葉にのせる。

「いまの表情、最高っ！　もう一枚！」

珠子ちゃんの顔はつるつるで、表情なんて一切ないように見えるかもしれない。

でも、私はたしかに感じていた。

珠子ちゃんの顔に浮かんでいる、彩り豊かな表情を。

私は悟る。

本当の表情とは、顔のパーツの配置が作りだすものなんかじゃない。

豊かな心が作りだすものなんだ――。

やがて納得するまで撮り終えると、私は撮影を切り上げた。

「こんなに撮るのに没頭したの、初めてかも……撮らせてくれて、ホントにありがとっ！」

「ううん、こっちこそ！」

すぐにプリントして渡すから。

そう伝えると、珠子ちゃんは決意のこもった口調で言った。

「……じゃあ、行こっか」

私は力強くうなずいた。

緊張しながら控室に入っていくと、そこには同じく休憩中の菫さんたちがいた。

私たちの姿を認めると、菫さんはさっそく口を開きかけた。

が、その瞬間だった。

菫さんも周りの人たちも、口を半開きにしたまま固まった。

視線は珠子ちゃんに釘づけになっていた。

珠子ちゃんが、ゆっくり言った。

「あの、みなさんにお伝えしたいことがあるんです」

そして、ふぅ、と深呼吸をしてから打ち明けた。

「私……のっぺら坊なんです」

しばらくのあいだ、菫さんたちは微動だにしなかった。

不気味な沈黙が流れたあと、最初に声をあげたのは菫さんだった。

「きゃぁぁ！」

それを機に、ほかの人たちもいっせいに叫びはじめた。

控室は大パニックで、菫さんは急いで壁際まで後ずさると、珠子ちゃんを指さした。

「ばばばばば、化け物ぉぉっ！」

珠子ちゃんは菫さんに一歩近づく。

ひぃっ、と叫んで、菫さんは壁に背中を押しつける。

「この化け物っ！　近寄るな！　気持ち悪い！」

珠子ちゃんは堂々とした態度を崩さない。

「化け物じゃありません。のっぺら坊です」

「うるさい！　何だっていい！」

菫さんは少しだけ正気を取り戻した様子で、早口になってまくし立てた。

「おかしいと思ってたんだ！　顔は作り物みたいだし、不自然なくらいに無表情だし！　あんた、やっぱり能面女だったんだ！」

私の我慢の限界は、とっくの昔に超えていた。

「珠子ちゃんは無表情なんかじゃありません！」

それに、と指摘する。

「能面って言葉の意味、間違ってますよ？　能面は本来、いろんな表情を表せるものですからね。というか、仮に無表情って意味で使うんだったら、菫さんこそ能面女じゃないんですか？」

「はあ？」

菫さんがにらんでくる。

「私のどこが無表情なの⁉」

怒鳴るようなその声にも、私はまったくひるまない。

「菫さんに表情なんてありません。お客さんの前では中身のない作り笑いをして、裏では無機質な顔をして。菫さん、その二つ以外にないですよね？　それって、無表情みたいなものなんじゃないですか？　本当の表情っていうのは、その人の豊かな内面が作りだすものなんです。菫さんみたいに心が貧しい人の顔は、やっぱり無表情だと思います」

私はキッパリ口にした。

菫さんは、何も言い返せずに口をぱくぱくさせているだけだった。

その頃には、騒ぎを聞きつけて、ほかの人たちもやってきていた。

が、周囲のことは放っておいて、私は隣に目をやった。

「行こう、珠子ちゃん」

つるつるの珠子ちゃんの顔には、すっきりしたような表情が浮かんでいた。

「うん！」


そうして、私たちは二人で一緒にお店を辞めた。

貯金の目標額は、まだまだ未達成だった。

でも、後悔なんて微塵もなかった。

そんなものより大事なものを、ちゃんと守ることができたからだ。

さあ、これからどうしよう――。

一通のメールが届いたのは、身の振り方を考えていたときだった。

それは大きな写真コンテストの事務局からで、私が入賞したことが記されていた。

「珠子ちゃん、やった！　やったよ！」

私はすぐに、珠子ちゃんに連絡をした。

選ばれた写真。

それはあの日、お店の非常階段で珠子ちゃんを撮影したときの一枚だった。二人で何度も話し合い、その後、賞にエントリーすることに決めていたのだ。

「すごい！」

珠子ちゃんも喜びを爆発させた。

「ついにやったね！　おめでとう！」

やがて気持ちが落ち着くと、私は言った。

「だけど、これからいろんなことが起こりそうだね……」

「うん……でも、そのあたりの覚悟はもうできてるし、まあ、何が起こっても、きっとなんとかなるよっ」

私たちの予想の通り、賞の結果とその作品が公表されると、様々な反響が巻き起こった。

被写体には、どんな特殊メイクを施したのか。どんなデジタル技術で顔のパーツを消したのか。

最初のうちは、そんな疑問が数多く寄せられた。

大変だったのは、被写体も写真も未加工だと分かってからだ。

珠子ちゃんのもとには、当然のようにメディアからの取材依頼が殺到した。珠子ちゃんは相手を慎重に選びながらそれらに応じていったけれど、自宅には連日のように取材陣が押しかけて、彼女は引っ越すことを強いられた。

数々の誹謗(ひぼう)中傷にもさらされた。心ない言葉や差別的な発言なども浴びせられた。

でも、珠子ちゃんはそのどれにも屈しなかった。

そして、世間が飽きて別の話題に移った頃には、すでにモデルとしての道を着実に歩みはじめていた。

目下（もっか）のところ、珠子ちゃんは単なる話題性にとどまらず、その才能を開花させてスター街道を一気に駆けのぼっている最中だ。最近では海外の有名ファッション誌の表紙に抜擢（ばってき）されたりもして、世界でもその名を轟（とどろ）かせつつある。

自分を貫く生き方に、元気や勇気をもらっている。

そんな声も多く寄せられているようで、珠子ちゃんは現在進行形で人々に豊かな表情をもたらしつづけている。

私はというと、バイトでなんとか食いつなぎながら、受賞を機に少しずつもらえるようになってきた写真の仕事で腕を磨いている日々だ。

いつか世界を旅して、いろんな表情をカメラに収める——。

そんな昔からの夢に加えて、いまの私にはもうひとつ、新しい夢ができた。

プロの舞台で、珠子ちゃんと共演するということだ。

どんどん活躍の場を広げる珠子ちゃんに、焦る気持ちもたしかにある。

本当に追いつけるのかという不安もある。

でも、その一方で、珠子ちゃんが写った写真をいちファンとしてチェックしながら、彼女の魅力を最大限に引きだせるのはやっぱり自分なんじゃないのかなと、ひそかに自信を深めてもいる。

我ながら、ではあるのだけれど。

あの日あの夜、非常階段で撮影した、あの一枚。

そこに写った珠子ちゃんより素敵な表情の彼女の写真を、私はいまだに見ていないから。

（特別対談）　ティモンディ（前田裕太さん・高岸宏行さん／お笑い芸人）

田丸さんはティモンディのお二人とはこれが初対面。今回、対談をオファーさせていただいたのは、田丸さんの出身である愛媛県にティモンディのお二人も縁があること（注1）、そして読書好き芸人としても有名な前田さんが最近執筆活動も始められたということから、田丸さんたっての強いご希望でした。

——改めて、田丸さんがティモンディのお二人にお会いしたいと思ったきっかけを教えてください。

田丸　お二人を初めてメディアで拝見したのは、たしか『アメトーーク！』でした。「すごく面白い方々だな」と思ったら、愛媛の済美高校にいらっしゃったと知りました。僕は愛媛県松山市出身なので親近感が湧きましたし、野球を見るのも好きで、あとは熱い方とか心で仕事をされている方も好きで（笑）。

前田　そうなんですね。

田丸　そして何より、お二人の「応援を通じて笑わせてくれて、同時にちょっと泣けもする」というところに惹（ひ）かれて、すぐにファンになりました。それから、前田さんも本がお好きだということで……「読書芸人（注2）」にも出演されていましたよね？

前田　はい。そうですね。

田丸　本もお好きなんだ、と思ってますます好きになりました。それと僕、FM愛媛で番組（注3）をやらせてもらっているんですけど、FM愛媛のパンフレットにお二人が載っていらっしゃるのを見て、「ここでもかぁ」と。さらに共通の知人もいたりして、勝手にご縁（えん）を感じていました。

前田　そうなんですね。ずっと松山だったということは、俳句も詠（よ）んでいたんですか？

田丸　自分で詠むことは基本的にはないんですが、やっぱり通ってますし、とても好きですね。松山では学校で俳句の宿題が出て、当時はやらされているという感覚もありましたが（笑）。

一同　（笑）

田丸　でも、今では小さい頃から俳句に親しむ機会に恵まれて、本当によかったなと思っています。

前田　ショートショートを書く人だったら、俳句が上手く詠めそうな……。

田丸　いやぁ……。ただ、ショートショートと俳句って共通点もあると思っていて。削ったり省略したりしていく中で「簡素で味気ないもの」になるのではなく、「だからこそ豊かなものが宿りうる」という。

前田　濃度を高めるというか、煮詰める、というか。

田丸　みたいな感じですね。個人的には、原液みたいなものをお渡しして、読み手の方の中で広がっていくような感覚があります。想像の余地があるので、文章として書かれていること以上にどんどん膨らんでいくんです。一方で、やはり俳句は五七五の文字数の縛りがありますが、ショートショートは、とはいえ数百字、数千字にはなるので、その違いはありますね。

――ティモンディのお二人の俳句のご経験は？

前田　僕らはそもそも野球ばかりやっていたので、今ようやく愛媛でのお仕事でちょっと勉強させていただいて「おもしろー」となっています。

田丸　引っかかりますか、アンテナには。

前田　縛りがあるからこその魅力がありますよね。僕らが思ったことを言ったら、先生から

「それがいい！」とおっしゃっていただくこともあります。

高岸　最初は関節ガチガチだったのが、何回か詠んでいくと、ちょっとずつ可動域が広がっていく感覚があって、「あ、これが魅力なのかな」と思ったりします。自分でもコツがわかってくるのが楽しいというか。ショートショートにもそういうところがあるのかな？　と。

田丸　ありますね。

前田　定義でいうと、どこまでがショートショートなんですか？

田丸　実は文字数に明確な定義はなくて。文字数よりも大事なのはアイデアの方で、僕がよく言っているのは、ショートショートとは簡単に言うと「短くて不思議な物語」ですよ、と。もう少し踏みこむと、現代ショートショートは「アイデアがあって、それを活かした印象的な結末のある物語」だとしています。後者の通り、厳密には不思議でなくてもいいんですけど、日頃の書き方講座（注４）のときなどには「まずは、短くて不思議というくらい簡単に捉えていただければ」というニュアンスでお伝えしています。ちなみに、ワンアイデアを軸に物語を展開すると、文字数は自然と収束していくと考えていますね。

前田　ショートショートを執筆するきっかけは何だったんですか？

田丸　初めて書いたのは高二のときで、ルーズリーフになんとなく書いたのが最初でした。それを友人に見せてみたら、おもしろいと言ってもらえて。そのときに「ショートショートって自分で書いてもいいんだ！」と気がつくことができて、そこから趣味として書いていくようになりました。

前田　いつ頃にプロを目指そうと？

田丸　二十歳くらいの頃でしょうか。もともと理系でモノづくりの道を目指していたんですけど、自然法則の支配する現実世界で何かをつくることに息苦しさを覚えるようになっていって。最終的に、より何でもありの自由な空想世界で物語をつくることで生きていきたいと思うようになって、プロのショートショート作家を意識するようになりました。

――ティモンディのお二人が芸人になったきっかけも、学生時代だったんですよね。

前田　僕は高岸から誘われたから、ってだけなんですけど（笑）。高校当時から仲が良かったので、「楽しいこと」を一緒にやってきた流れで。

高岸　僕は身体を故障して「プロを目指せない」と思ったときに、それまで自分を支えてきてくれた人たちが目に入ってきて……。これまで支えてもらってきたように自分も「誰かを応援したい！」と考えるようになりました。そんなときにサンドウィッチマンさんが東北復興支援の関係で人々を応援している動画を見て、すごくいいなと思いました。サンドさんは高校の同級生同士で二人でやっているコンビだなと気づいて、「高校の同級生？　あ、前田に連絡してみよう」と。

田丸　お笑いのお話は学生時代にすでにされていたんですか？

前田　いや、野球の話ばかりですね（笑）。走り方のメカニズムとか。

高岸　サンドウィッチマンさんがM-1で優勝されたのが二〇〇七年で、僕たちはその翌年に入学した高校で出会ったんですね。入寮したての頃に世間話で「M-1、サンドウィッチマンさんが獲ったよね」と盛り上がったのを思い出して、前田に声をかけました。それで、お笑いについて何もわかっていなかったから、とりあえずサンドウィッチマンさんの事務所を調べて、書類を出して……。

前田　ライブに出るのも月一回くらいで、ただ「行っている」感じでした。野球部出身だから声は出せるし、と（笑）。先輩方からいろいろ教えていただいたり、「芸人といえばスーツだ！」とスーツを買いに行ったり……。それでも、野球ではない「新しいことをやっている」のが楽しくて。

高岸　最初の一年は見様見真似でした。「プロ野球選手になろう」と思ってもすぐ行動できるわけではないじゃないですか。道具を持ってみて「こうやって投げるのか」の発見を繰り返す感じ。

前田　野球しかしてこなかったから、遅れてきた青春をしてるみたいな、楽しさがありました。別に売れていなくても、楽しいという。

田丸　そんな中で……前田さんはいつから本をお好きになったんですか？　高岸さんは本を読まれますか？

高岸　僕は全くです。昔から「フォーム解析」とか、そういう本ばかり。基本的に活字を読んでいないです。

田丸　苦手意識がおありなんですか？

高岸　あるんだと思います。活字が勉強と紐づいちゃっていて、勉強はそこまで点数がよくなかったので。

前田　でも嫌いではない？

高岸　ではない。だからこうして読む機会をいただいて、「すごく読みやすい！」とびっくりしました。

前田　活字が苦手な人でも読みやすい。

田丸　うれしいです！　前田さんはどうですか？

前田　僕は児童文学から入りました。野球を引退してからは、授業中もこっそり読んでいたりして。当時、野球で甲子園に行けなかったというのが、ダメだったな、と。三年間に意味がなかったな、と思ってしまっていて。でも小説を読んでいたら、自分よりもっとダメな主人公がいっぱいいるから、「悪くないかな」と思えるようになったんです。

田丸　じゃあ、一つ、救いのようなものに。

前田　そうですね。だからのめりこむように一日一冊ペースで読んでいました。

田丸　ちょっと前に「STORY BOX（注5）」で執筆に至ったのはどういう経緯ですか？あれが初めてですか？

前田　小説をちゃんと書いたのはあれが初めてです。いやー、難しいですね。

田丸　僕はすごく面白く読ませていただきました。それこそショートショートにも通ずるところがあるな、と。構成もとてもお上手だなと思いました。

前田　やったあ！

——小説を書くのとお笑いの台本を書くのでは、どこが違いますか？

前田　全然違いますね。お笑いって、どちらかというと音楽に近いと思っているんです。お笑いってネタをやっていてもちょいちょい変えられるんです。ライブ当日に高岸に台本を渡すことなんかもあって。

田丸　へー！

前田　ライブの中でもちょっと言い回しを変えてみよう、だとか、いくらでもいじれるんです。でも、小説は出したらそれで終わり。もう完成してしまって、手を加えられない。それで人々にジャッジされてしまう。だから気軽に作れないですよね。一個に対しての時間がめちゃくちゃかかるなと思います。人からの反応もちょっと怖いというか、気になってしまいます。

田丸　人前でのトライアンドエラーの中で完成させていくわけではないですもんね。

前田　小説の場合、最初から「もうこれが正解ですよ」と決めてかからなくちゃいけない。お笑いなら、二人でやってみて、雰囲気で「もっとこうしよう」みたいなことができるんですけど。

田丸　高岸さんは前田さんの作品は読みましたか？　自分も書いてみようとかは。

高岸　僕は読んでないです。自分で書く、という選択肢もない。俳句もそうでしたけど、関節の可動域がゼロですからね、小説に関しては。でも依頼されたらやってみたいかも……。

田丸　もしよければ、なんですが、ちょっとここで超短縮版の講座を体験してみませんか？

高岸　いいんですか？

～ここで急遽、「ショートショートの書き方講座」特別版を開講～

前田さんと高岸さんが、田丸さんの「言葉と言葉を組み合わせる」メソッドに従って「ノーエラーカナヘビ」という不思議な言葉を考案。田丸さんの進行のもとそこからお二人に想像を広げていただき、「完璧主義者で尻尾を切ったことがないカナヘビ」というアイデアからユニークで壮大なお話が生まれました。

——（講座を終えてみて）いかがでしたか？

高岸　すごい。大河ドラマを作れる（笑）。

田丸　今のはあくまで入り口で、メソッドがすべてでもまったくないんですけど、「何をやったらいいかわからない」ときにアシストツールとして使っていただければうれしいです。

前田　誰にでもショートショートを書ける可能性はあるっていうことですね。

田丸　あります！　プロでやっていくとなるとまた別の話ではありますが、誰でも書けますし、本当に楽しいのでぜひ挑戦していただきたいです。

——田丸さんも今のやり方で『おとぎカンパニー（注6）』を執筆されたんですか？

田丸　いえ、講座の内容はあくまで誰でも取り組めるように作ったもので、自分自身がふだんからこのメソッドそのものを使って書いているわけではありません。ただ、言葉と言葉を組み合わせて考える、というのはやりますね。例えば、この本の収録作でいえば「のっぺら嬢」はその系統ですね。最初に「のっぺら嬢」という言葉ができて、「それってどんなものだろう？」と膨らませていきました。

高岸　先に言葉を作ったんですね。

前田　「妖怪」というテーマは先に考えられたんですか？

田丸　そうです。もともと「おとぎカンパニー」はシリーズで、各巻にテーマがあるんですが、今回は「妖怪」でいこうと。そこから子泣きじいや砂かけばばあ、ぬりかべといった妖怪をリストアップするところから始めて、ちょっとマイナーな妖怪も交ぜつつ構成しました。

——ティモンディのお二人にとって印象的なお話はありますか？

前田　僕は「N肉」ですね。『世にも奇妙な物語』に出てきそうなくらい、映像が思い浮かびました。食に関しての知識や情報が自分にあるからこそ、面白いなと。それに他の作品はポップな映像でしたが、「N肉」はもっと色味が……(笑)。その情景が浮かびやすい。

高岸　「かまちゃん」とかもね。飛んでいく姿とか、活字でイメージさせられるのがすごいな、と。「読書ってこういう気持ちにさせてくれるんだ」と発見できました。

田丸　挙げていただいて、うれしいです。特に「かまちゃん」は、まさに動きや情景が思い浮かぶようにと書きました。

高岸　人間だったら抱いちゃうような感情が全部の話に入っているので、話に入っていきやすい。人間の欲望だったりとか。そういうのを捉えるのがすごいなと思いました。

田丸　もともと妖怪には人間の欲望と距離が近いものが少なくないよな、と執筆しながら改めて感じました。だからこそ、妖怪が現代にいたら、やっぱり何かしらの欲望の横に潜(ひそ)んでいる場合が多いのかな、と。

前田　妖怪が諸悪(しょあく)の根源じゃないのもいいですよね。

田丸　妖怪にもいろんなものがいて、さまざまな側面や事情があるはずだと思いまして。それから、執筆にあたっては『妖怪大戦争』的な大がかりな感じじゃなくて、現代人の日常に近いところで等身大な感じで書きたいなとも考えていました。読む分には大がかりなものも好きなんですが、もともと僕のやりたいことは、日常の中の不思議だとか、日常と地続きの非日常という方向で。それによって現実世界が良い意味で揺らいで、固定化されていた可能性を解き放てたらいいなと思っていて、この本でも基本的にはそういったところを目指しました。

高岸　「海と野球」もね。野球をやってきた人だったら絶対誰しもが通ったことのある気持ちですしね。

田丸　野球をやっている方におっしゃっていただけるとは……！

高岸　野球をやっていたからこそわかる、と思いました。

田丸　あの一作はダークに描きましたけど、表裏一体というか、野球のいろいろな側面の中の一つに触れられたらいいな、と思っていました。

高岸　どこから考えたんですか？

田丸　野球が好きというのもあるんですが、まずは海坊主の特徴から入りました。海坊主といえば船をひっくり返す妖怪ですけど、現代では違うものをひっくり返していたらどうだろう、と。そう考えたときに、スポーツのスコアが頭に浮かびました。それで何のスポーツにするかと悩んで、野球にやはり馴染みがあるなと。

前田　愛媛出身じゃなかったら（注7）違うスポーツだったかもしれないですね。

――今回、文庫化でタイトル変更をするにあたり、ティモンディのお二人にいくつか案を出していただきました。

田丸　編集さんと話す中で、新しいタイトルを考えるにあたって、もしよければお二人にお力を貸していただけないものか、と。完全に無茶ぶりで恐縮ではありますが……。

前田　僕は小説をジャケ買いするんです。タイトルと表紙とオビを見て、どんな話なのかわかりやすい本が好き。恋愛なのかファンタジーなのか、とか。それでいうとこの作品は、日常でありながらファンタジーが入っている。妖怪が出てくるけど、悪人ではない。現代の日常に溶けこもうと頑張っている。それを感じたので『令和じゃ妖怪は生きづらい』を考えました。もう一つはもう、シンプルに（笑）。

田丸　なるほど！

前田　人間側からの視点だけじゃない、妖怪側の愛すべき特徴を出したいなって……。みんな自分の持っている特徴で、現代では生きづらそうだけど、頑張って生きている。その背景を感じさせるので……。でも、これが正解でいいのかわからない（笑）。

田丸　そこは僕にもわかりませんから（笑）。高岸さんはいかがですか？

高岸　まず一つ、読みやすさを表現したいと思いました。それから表紙の可愛らしさとか、怪しさとか、親近感とか……読んだときの感情をそのまんま書いてみました（笑）。全体的にこういう感情を人間は持ったりするけど、うまく付き合えている現代でよかったよね、と思ったんです。前向きになれた感じがしたので、その意味を込めました。三つ目は、小説の世界という遠い遠いところまで意識を飛ばしてくださった壮大さを表したいと思いました。

田丸 お二人とも本当にありがとうございます！

――最後に、『おとぎカンパニー 妖怪編』改め……前田さん案にて決定した『令和じゃ妖怪は生きづらい』。どんな方に読んでいただきたいですか？

前田 僕はもともと小説好きだから楽しく読ませていただきましたけど、高岸が言っていたように「読み始めの人でも読みやすいだろうな」という感想を抱きました。かといって、

前田さんの案	高岸さんの案
令和じゃ妖怪は生きづらい	ようかい怪快カンパニー
現代怪談短編集	今でよかった！かもしれない
	妖怪海峡ストーリー

読み応えがないかというと、全然そんなことはなくて、一編一編テイストも違うし、飽きずに楽しめました。なので、本好きでも満足できる一冊だと思っています。

高岸　僕はビギナーの視点になってしまいますが、ビギナーでも読みやすいし、楽しい気持ちになれる。本の魅力が伝わってくる作品ですよね。「あまり本を読まないけど、何か読みたい」人は絶対手に取ってほしいです。

田丸　ありがとうございます。僕もぜひ、読書好きの方はもちろんですし、読書初心者の方や苦手意識を持っている方にも読んでいただきたいです！

(注1)　お二人とも愛媛県松山市に位置する済美高校出身で、高岸さんは愛媛県西条市のご出身でもあります。
(注2)　テレビ朝日の人気番組『アメトーーク！』の人気企画。
(注3)　田丸さんがパーソナリティを務める番組『コトバノまほう』。毎月最終日曜日七時―七時三十分放送中。
(注4)　田丸さんは各地でショートショートの書き方講座を開催されています。
(注5)　前田さんの初めての小説「隣の席の女子がバズった話」が「STORY BOX 二〇

二三年九月号」（小学館）に掲載されました。

（注6）本書の改題前のタイトルは『おとぎカンパニー　妖怪編』。

（注7）愛媛県出身の俳人・正岡子規はこよなく野球を愛した人物として知られ、日本での野球の普及に大きく貢献したと言われています。

TO BE CONTINUED...

ようこそ

二〇二〇年一二月　光文社刊
※『おとぎカンパニー　妖怪編』改題

光文社文庫

令和じゃ妖怪は生きづらい　現代ようかいストーリーズ
著者　田丸雅智

2024年2月20日　初版1刷発行

発行者　三宅貴久
印刷　新藤慶昌堂
製本　ナショナル製本

発行所　株式会社　光文社
〒112-8011　東京都文京区音羽1-16-6
電話（03）5395-8147　編集部
8116　書籍販売部
8125　業務部

ISBN978-4-334-10212-8　Printed in Japan

組版　萩原印刷